बेस्टसेलर पुस्तक 'विचार नियम' के रचनाकार

सरश्री

विश्वास नियम

सर्वोच्च शक्ति के सात नियम

सांसारिक और आध्यात्मिक सफलता
पाने का विश्वसनीय तरीका

सपने बनते हैं हकीकत, जब अपने विश्वास पर हो विश्वास

विश्वास नियम
सर्वोच्च शक्ति के सात नियम

by **Sirshree** Tejparkhi

प्रथम आवृत्ति : जनवरी 2019
द्वितीय आवृत्ति : मार्च 2019
तृतीय आवृत्ति : नवंबर 2019
प्रकाशक : वॉव पब्लिशिंग्ज् प्रा. लि., पुणे

ISBN: 978-93-87696-58-7

© Tejgyan Global Foundation
All Rights Reserved 2019.
Tejgyan Global Foundation is a charitable organization with its headquarters in Pune, India.

© सर्वाधिकार सुरक्षित

वॉव पब्लिशिंग्ज् प्रा. लि. द्वारा प्रकाशित यह पुस्तक इस शर्त पर विक्रय की जा रही है कि प्रकाशक की लिखित पूर्वानुमति के बिना इसे व्यावसायिक अथवा अन्य किसी भी रूप में उपयोग नहीं किया जा सकता। इसे पुनः प्रकाशित कर बेचा या किराए पर नहीं दिया जा सकता तथा जिल्दबंद या खुले किसी भी अन्य रूप में पाठकों के मध्य इसका परिचालन नहीं किया जा सकता। ये सभी शर्तें पुस्तक के खरीददार पर भी लागू होंगी। इस संदर्भ में सभी प्रकाशनाधिकार सुरक्षित हैं। इस पुस्तक का आंशिक रूप में पुनः प्रकाशन या पुनः प्रकाशनार्थ अपने रिकॉर्ड में सुरक्षित रखने, इसे पुनः प्रस्तुत करने की प्रति अपनाने, इसका अनूदित रूप तैयार करने अथवा इलेक्ट्रॉनिक, मैकेनिकल, फोटोकॉपी और रिकॉर्डिंग आदि किसी भी पद्धति से इसका उपयोग करने हेतु समस्त प्रकाशनाधिकार रखनेवाले अधिकारी तथा पुस्तक के प्रकाशक की पूर्वानुमति लेना अनिवार्य है।

Vishwas Niyam
Sarvoch shakti ke saat niyam

यह पुस्तक समर्पित है,
उन मनुष्यों को जो दिव्यांग हैं मगर
उनका विश्वास बुलंद है।
जिन्हें आँखें तो नहीं हैं लेकिन विश्वास ने
उनकी आँखों की जगह ले ली है...

विश्वास सूची

भूमिका **अटल विश्वास नियम.. 9**
मनोदशा चमकाने का ख़ज़ाना

विश्वास नियम पहला
1 **जैसा विश्वास वैसी भावना—जैसी भावना वैसा व्यवहार...... 15**
जैसा व्यवहार वैसा परिणाम— और जैसा परिणाम वैसा विश्वास
2 विश्वास से शुरुआत और विश्वास पर ही अंत...................... 21

विश्वास नियम दूसरा
3 **जैसा विश्वास बीज, वैसी फल की गुणवत्ता..................... 27**
4 लिखें विश्वास के साथ, पाएँ ईश्वर का हाथ....................... 33

विश्वास नियम तीसरा
5 **ईश्वर पर भरोसा, अपने आप (बेहतर) परोसा................. 43**
6 जब तू जागे, विश्वास का समय उसी के आगे....................... 48

विश्वास नियम चौथा
7 **अपने मुख से जो वर्णन करोगे, वह वजूद में आएगा............. 55**
8 विश्वासवाणी से दवा बनाएँ... 61
9 विश्वासवाणी का ऐलान.. 66

विश्वास नियम ❑ 5

| विश्वास नियम पाँचवाँ | 10 विश्वासघात भ्रम है, विश्वास योग्य कर्म है............... 73 |
| | 11 घटनाएँ विश्वास का आईना हैं............................... 79 |

| विश्वास नियम छठवाँ | 12 **सौ प्रतिशत विश्वास और रूपांतरण**................ 85
 एक साथ घटित होते हैं |
| | 13 विश्वास ध्यान... 91 |

विश्वास नियम सातवाँ	14 विश्वास का अंतिम विकास है– तेजविश्वास............... 97
	15 तर्क और दृश्य से परे है तेजविश्वास......................... 102
	16 'खुशी' और 'है' की भावना है तेजविश्वास................. 107

| विश्वास नियम ज़ीरो | 17 विश्वास का न अंत, न शुरुआत 113
 विश्वासांत है– विश्वास पूर्णता |
| | 18 आत्मसाक्षात्कार पाना सभी का............................ 118
 जन्मसिद्ध अधिकार है और मेरा भी |

परिशिष्ट विभाग	अंधविश्वास को विश्वास में कैसे बदलें........................ 123
	19 सात प्रकार के विश्वास....................................... 125 बेशक, बेहद, बेशर्त
	20 अंधविश्वास, अविश्वास, विश्वास और उम्मीद............ 131 सात सवाल–जवाब
	तेजज्ञान परिचय... 140- 152

सात नियमों का लाभ कैसे लें

१. इस पुस्तक को थोड़ा ही सही लेकिन विश्वास के साथ पढ़ें तथा इसमें दिए गए मार्गदर्शन का इस्तेमाल अपने रोज़मर्रा के जीवन में करके देखें। इससे आपके विश्वास में बढ़ोतरी होती जाएगी।

२. इस पुस्तक में कुल सात विश्वास नियम बताए गए हैं, जो अपने आपमें पूर्ण हैं और अंत में विश्वास पूर्णता की गहरी समझ दी गई है।

३. यदि आप अपने जीवन में विश्वास को बदलकर, आनेवाले परिणामों को बदलना चाहते हैं तो पढ़ें विश्वास नियम पहला।

४. यदि आप जानना चाहते हैं कि आपके विश्वास पर कुदरत कैसे कार्य करती है और चीज़ें आपके पास कैसे आती हैं तो विश्वास नियम दूसरा आपके लिए सहायक सिद्ध होगा।

५. यदि आप भूतकाल की नकारात्मक घटनाओं के बोझ से और भविष्य में होनेवाली घटनाओं के भय से मुक्त होना चाहते हैं तो विश्वास नियम तीसरे की सहायता लें।

६. 'विश्वास को मैं अपने जीवन में कैसे उतारूँ?' यदि आपका यह सवाल है और आप विश्वास को अपनी हर समस्या के लिए दवा बनाना चाहते हैं तो पढ़ें विश्वास नियम चौथा।

७. यदि आप विश्वासघात के दुःख से मुक्त होना चाहते हैं और अपने जीवन के हर क्षेत्र में विश्वास बढ़ाना चाहते हैं तो विश्वास नियम पाँचवाँ आपके लिए उपयुक्त साधन सिद्ध होगा।

८. यदि आप अपने जीवन के हर क्षेत्र में रूपांतरण लाकर, उसमें आ रही बाधाओं पर मात पाना चाहते हैं तो विश्वास नियम छठवाँ पढ़कर समझें कि सौ प्रतिशत विश्वास कैसे जगाएँ।

९. यदि आप विश्वास से ईश्वरीय विश्वास की ओर बढ़ना चाहते हैं तो इस शक्ति को आजमाने के लिए विश्वास नियम सातवें का लाभ लें।

१०. यदि आप सातों विश्वास नियम पर कार्य कर, विश्वास-पूर्णता का अनुभव करना चाहते हैं तो पढ़ें ज़ीरो विश्वास नियम।

११. यदि आप अंधविश्वास से मुक्त होना चाहते हैं तो पुस्तक के आखिरी भाग में दिए गए सवालों में अपना जवाब पाएँ।

१२. विश्वास नियम पर सरश्री द्वारा दिए गए संदेश को सुनने के लिए यू-ट्यूब पर दी गई इस लिंक पर क्लिक करें-

https://www.youtube.com/watch?v=yl6aspf7HmQ

भूमिका

अटल विश्वास नियम

मनोदशा चमकाने का खज़ाना

सुबह-सुबह एक इंसान गार्डन में टहलने के लिए गया। वहाँ उसकी नज़र ऐसे इंसान पर पड़ी, जो अपने एक साल के बच्चे को हवा में उछाल रहा था। जब पिताजी बच्चे को ऊपर उछालते तो वह जोर-जोर से खिलखिलाने लगता... पिताजी उसे जितना ऊपर उछालते, बच्चा उतना ही ज़्यादा खुश होता।

इस दृश्य को देखकर वह इंसान मन ही मन सोचने लगा, 'क्या ऊपर उछालने से बच्चे को डर नहीं लगता? वह इतना निश्चिंत और खुश कैसे रह सकता है?

मानो यह दृश्य उस इंसान के लिए आय-ओपनर बन गया। वह सोचने पर मजबूर हो गया कि ऐसी क्या बात है, जिस कारण बच्चे को डर का बिलकुल आभास ही नहीं। कुछ क्षण उपरांत उसे अपने अंतरमन से जवाब मिला, बच्चे का अपने पिता पर पूर्ण विश्वास और

उनके हाथ में सुरक्षित रहने का सुखद एहसास ही उसके निश्चिंत होने का राज़ है।

फिर उस इंसान के मन में दूसरा विचार कौंधा, 'क्या इतना ही विश्वास इंसान ईश्वर पर रख सकता है? किसी समस्या में घिर जाने पर क्या इंसान यह सोच पाता है कि ईश्वर जब किसी को समस्या में डालता है तो समस्या को सुलझाने की व्यवस्था भी करता है।'

यह विचार उस इंसान को, अपनी समस्याओं के लिए एक नई समझ देकर गया कि दैनिक जीवन की समस्याओं में, अपनी मनोदशा को विश्वास की शक्ति से कैसे सकारात्मक रखा जाए।

इंसान के जन्म के साथ ही उसके अंदर दो गुण स्वत: ही आ जाते हैं, कहीं से लाने नहीं पड़ते– वे गुण हैं प्रेम* और विश्वास।

एक बच्चे में स्वाभाविक रूप से प्रेम और विश्वास का भाव विद्यमान होता है। यही वजह है कि जब कोई पिता अपने बच्चे को ऊपर उछालता है तब उस बच्चे के अंदर शुद्ध प्रेम के साथ-साथ यह विश्वास भी होता है कि जिसने उसे उछाला है, वह उसे सँभाल ही लेगा। किंतु बड़े होते-होते बाहरी घटनाओं की वजह से उसके अंदर नफरत, क्रोध और अविश्वास की भावना पनपने लगती है, जो उसके विश्वास को नकारात्मक बातों पर ले जाती है।

ऐसे में यदि उसे सही मार्गदर्शन दिया जाए तो संभावना है कि उसका नकारात्मक बातों में बना विश्वास सकारात्मक हो जाए। साथ ही उसे दिखाई दे कि बाहरी घटनाओं को देखकर वह अपना विश्वास खो रहा है साथ ही दुःख, चिंता, परेशानी को भी निमंत्रण दे रहा है। क्योंकि उसके जीवन में जो भी हो रहा है, वह उसके विश्वास का ही नतीजा है।

विश्वास क्या है

किसी भी बात में 'दृढ़ता की भावना' होना विश्वास है। विश्वास सभी में होता है लेकिन किसी का विश्वास सकारात्मक बात के लिए होता है तो किसी का नकारात्मक के लिए। विश्वास एक चुंबक की तरह है, जो हमारे जीवन में सकारात्मक तथा नकारात्मक चीज़ें लाने की ताकत रखता है।

---

*प्रेम इस विषय की गहरी समझ पाने के लिए पढ़ें सरश्री द्वारा लिखित पुस्तक 'प्रेम नियम'।

जैसे कुछ लोगों का सकारात्मक बातों पर विश्वास होता है कि उन्हें सारी चीजें बेहतरीन मिलती हैं, उनसे लोग हमेशा अच्छा व्यवहार करते हैं आदि तो वे देखते हैं कि उनके जीवन में सब बेस्ट ही आता है। इसके विपरीत जो घटना होने पर नकारात्मकता पर विश्वास रखता है, जैसे कोई अपना वादा नहीं निभाता या उसकी इच्छा अनुसार व्यवहार नहीं करता तब वह सामनेवाले को अविश्वास की नज़र से देखने लगता है। उसे यह विश्वास होने लगता है कि सामनेवाला मेरी परवाह नहीं करता या लोग स्वार्थी होते हैं आदि। तो उनके जीवन में सब गलत ही होता है।

इसे और एक उदाहरण से समझें। दो मित्र हैं, एक पढ़ाई में होशियार और दूसरा थोड़ा कमजोर। दूसरा मित्र बहुत पढ़ाई करने पर भी अकसर फेल हो जाता है लेकिन पहला मित्र हर बार उसे विश्वास दिलाता है कि 'तुम कर सकते हो... तुम्हारे अंदर वह क्षमता है... और यह मेरा विश्वास है।'

मित्र के कहे हुए चंद शब्दों के सहारे ही दूसरा मित्र फिर से कोशिश कर, परीक्षा में उत्तीर्ण होता है।

इस उदाहरण में दूसरा मित्र पढ़ाई (मेहनत) करने के बावजूद असफल हो रहा था क्योंकि फेल होने के कारण उसके अंदर का विश्वास पूरी तरह नकारात्मक हो चुका था। उसे अब इस बात पर विश्वास होने लगा था कि 'पढ़ाई करना मेरे बस की बात नहीं है' या 'कितनी भी मेहनत कर लो, मैं फेल ही हो जाता हूँ।' लेकिन जब उसके मित्र ने उसके ऊपर विश्वास दिखाया तो वह सफलता की ओर चल पड़ा।

कहने का अर्थ अगर आपका विश्वास सकारात्मक है तो वह आपको ऊपर उठा सकता है, आपकी ताकत बन सकता है। मगर अगर आपका विश्वास नकारात्मक बात पर हो जाए तो वह आपको खाई में भी गिरा सकता है। आइए, इसी आधार पर अपने अंदर पनप रहे विश्वास पर मनन कर, उसकी परख पाते हैं।

१. आपके अंदर कौन से नकारात्मक और कौन से सकारात्मक विश्वास कार्य कर रहे हैं?

२. क्या आपको लगता है कि नकारात्मक विश्वास बदलने से आपके जीवन में परिवर्तन आ सकता है।

३. क्या आप वाकई मानते हैं कि विश्वास एक आंतरिक दौलत है, जिसे पाना हर एक की आवश्यकता है?

यदि आप मानते हैं कि विश्वास ब्रह्माण्ड की सर्वोच्च शक्ति है तो आपका विश्वास आपकी सभी समस्याओं का ताला खोलने की अलौकिक चाभी साबित होगा, जिससे आप हर क्षेत्र में सफलता और समृद्धि का दरवाजा खोल पाएँगे।

विश्वास क्यों हो

इंसान जब स्वयं पर और कुदरत पर विश्वास रखना सीख जाएगा तब वह पहली बार यह महसूस करेगा कि जीवन बहुत सरल व सुंदर है, उसका नकारात्मक विश्वास ही इस सुंदरता में बाधा बना हुआ है। हरेक को उसके जीवन में जो भी मिल रहा है, उसका आधार विश्वास ही है। आज इस विश्वास को और बुलंद करने का समय आया है।

यह खुश खबर है कि हरेक के अंदर विश्वास है बस उसे सकारात्मक की ओर मोड़ना है। हमें विश्वास है कि इस पुस्तक से आपका विश्वास सकारात्मकता की तरफ बढ़ चुका होगा। इस पुस्तक का आपके हाथ में होना ही दर्शाता है कि आप विश्वास की ऊँचाइयों को पाने के लिए तैयार हैं।

इस पुस्तक में बताए गए 7 विश्वास नियम आपके जीवन का पूरा ढाँचा बदल सकते हैं और आप जो चाहे, वह पा सकते हैं, बशर्ते उसमें सभी का कल्याण हो। इसलिए पूर्ण रूप से ईश्वर पर भरोसा करें, उसमें कंजूसी न करें। क्योंकि केवल विश्वास के सहारे लोगों को लाइलाज बीमारी से मुक्ति पाते हुए हमने देखा है... दिव्यांग इंसान के एवरेस्ट पर चढ़ने के असंभव कार्य को संभव होते हुए हमने देखा है... निर्धन को धनवान बनते हुए हमने देखा है... बिगड़े हुए रिश्ते सँवरते हुए हमने देखा है... और अंतिम पायदान पर ईश्वर पर विश्वास रखकर महात्माओं को मोक्ष (स्वबोध) की अवस्था प्राप्त करते हुए भी हमने सुना है।

तो चलिए, इस विश्वास के साथ पहला पन्ना खोलते हैं कि अंतिम पन्ना पढ़ते-पढ़ते हम खुद चलता-फिरता 'विश्वास' बन जाएँ...।

...सरश्री

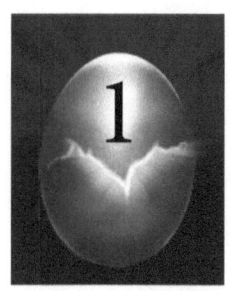

विश्वास नियम पहला

> जैसा विश्वास वैसी भावना,
> जैसी भावना वैसा व्यवहार,
> जैसा व्यवहार वैसा परिणाम
> और जैसा परिणाम वैसा विश्वास

अगर आप सफलता के शिखर पर पहुँचना चाहते हैं तो पहले विश्वास को शिखर पर ले चलें। स्मरण रहे, विश्वास का दूसरा नाम चमत्कार है।

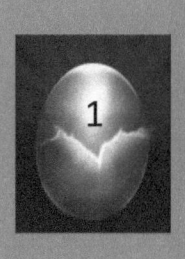

जैसा विश्वास वैसी भावना, जैसी भावना वैसा व्यवहार, जैसा व्यवहार वैसा परिणाम और जैसा परिणाम वैसा विश्वास

क्या किसी ने ऐसा फोटोफ्रेम देखा है, जो हर दिन अपना आकार बदलता है? जैसे आज फ्रेम छोटा है तो कल बड़ा हो गया; आज लंबा है तो कल चौड़ा हो गया; नहीं न! लेकिन ठीक ऐसा ही एक फ्रेम हर इंसान के अंदर है, जो हर दिन अपना आकार बदलता रहता है। यह है 'फेथ फ्रेम', जो कभी सीधी दिशा में तो कभी उलटी दिशा में, एक चक्र की भाँति घूमता है। आइए, इसे समझते हैं।

फेथ यानी विश्वास और यहाँ फ्रेम का अर्थ है चार कोने, इस तरह इसे कहा जाएगा 'विश्वास की चौकी।'

हर इंसान के अंदर यह फेथ फ्रेम है, जो बाहर की घटना अनुसार बदलते रहता है। जीवन में कुछ घटनाएँ उसके अंदर का फेथ बढ़ाती हैं तो कुछ फेथ कम करती हैं। मगर जीवन में किसी भी चीज़ का परिणाम उस समय के फेथ फ्रेम

के आकार पर निर्भर करता है।

यदि आप चाहते हैं कि आपके फेथ फ्रेम का आकार बढ़े तो आपको अपने जीवन में 'विश्वास की समझ' बढ़ानी होगी।

इसके लिए पहले आपको इस फ्रेम के चारों कोनों को समझना होगा। जिन्हें जोड़ने पर बनता है पहला और सबसे मुख्य 'विश्वास नियम' –

१जैसा विश्वास वैसी भावना... २जैसी भावना वैसा व्यवहार... ३जैसा व्यवहार वैसा परिणाम... और ४जैसा परिणाम वैसा विश्वास।

विश्वास नियम का यह चक्र दो दिशा में सरकता है– नकारात्मक और सकारात्मक। जब यह चक्र सकारात्मक होता है तब इंसान का विश्वास आसमान की बुलंदी पर पहुँचता है। इसके विपरीत यदि किसी का विश्वास कमजोर और कंपित हो तो 'फेथ फ्रेम का चक्र' उलटी दिशा में चल पड़ता है। आइए, टीम ए और बी के खेल द्वारा इस चक्र को सरलता से समझते हैं।

नकारात्मक विश्वास चक्र

टीम 'ए' के अपने शहर में एक मैच खेला जा रहा है। इस खेल में टीम ए लगातार टीम बी के आगे खेल रही है। क्योंकि उसके बहुत सारे प्रशंसक उन्हें प्रोत्साहित कर रहे हैं। टीम ए के प्रति तालियों और नारों का शोर बढ़ता जा रहा है।

इस वातावरण में टीम बी का आत्मविश्वास कम होने लगा। जैसे-जैसे परिस्थिति आगे बढ़ रही थी, टीम बी का विश्वास 'हम खेल जीतेंगे' से बदलकर, 'हम खेल हारनेवाले हैं' पर जाने लगा। एक छोटे से नकारात्मक विचार की वजह से

नकारात्मक चक्र की शुरुआत हो गई।

टीम बी के नकारात्मक विचार से हारने का विश्वास बना। अब जैसा उनका विश्वास वैसी भावना बदली। उनकी भावना में निराशा छा गई और उनका मनोबल कम होने लग गया।

जैसी भावना वैसे व्यवहार (खेल) में लापरवाही हुई। वे गलतियाँ करने लगे, गलत शॉट्स मारने लगे। छोटे-छोटे जीतने के मौके भी छोड़ने लगे।

जैसा व्यवहार वैसा परिणाम भी पाया, टीम बी की स्थिति खराब होने लगी। उनकी स्कोर की गिनती और कम हो गई। उनके खिलाड़ी जल्दी आउट होते गए।

और जैसे परिणाम मिला उससे हार जाने का विश्वास भी बढ़ता रहा। आखिरकार टीम बी हार गई।

सकारात्मक विश्वास चक्र

इन्हीं परिस्थितियों को टीम ए के लिए देखते हैं। जैसे-जैसे वे जीत की तरफ बढ़ने लगे, उनका विश्वास दृढ़ होने लगा कि वे खेल जीत सकते हैं।

जैसा विश्वास वैसी भावना- उनका जोश बढ़ने लगा। वे उत्साहित और खुशी महसूस करने लगे।

जैसी भावना वैसा व्यवहार हुआ। वे मैदान में प्रभावशाली और कुशलता से खेलने के लिए प्रेरित हुए। सही तरीके से खेलकर उन्होंने अपना पूरा जोर लगा दिया।

जैसा व्यवहार वैसा परिणाम, खेल में उनकी स्थिति सुधरती गई।

जैसा परिणाम वैसा उनका विश्वास कि वे जीत सकते हैं और भी दृढ़ हो गया और वे मैच जीत गए।

हालाँकि दोनों टीम ने खेल की शुरुआत एक ही विचार से की, 'आज जीत हमारी होगी।' बाद में टीम बी खेल में हार गई इसलिए नहीं कि उन्हें विश्वास नहीं था बल्कि इसलिए कि खेल के दौरान उनमें नकारात्मक विश्वास का चक्र चल पड़ा।

इस उदाहरण में कल्पना कीजिए कि अगर टीम बी का विश्वास नकारात्मक न होता, दोनों टीम इसी विश्वास पर खेलती कि वे जीत जाएँगे तो यह खेल कौन जीतता?

ऐसे में 'जीत' या 'सफलता' विश्वास की दृढ़ता तय करती है क्योंकि लोगों का फेथ फ्रेम आकार बदलता रहता है। किसी एक परिस्थिति में वह बढ़ता है लेकिन दूसरी में गायब हो जाता है। अंततः जिस टीम का विश्वास मैच के अंत तक टिका रहता है, वह टीम जीत जाती है।

टीम ए की तरह यदि आप भी अपने जीवन में विश्वास का उच्चतम लाभ लेना चाहते हैं तो पहले विश्वास नियम की पंक्तियों और उनकी गहराई को भली-भाँति समझ लें। क्योंकि ये नियम इंसान के जीवन में अदृश्य रूप में कार्य करते हैं। कोई इन्हें माने या न माने... जाने या न जाने...! इसलिए पहले और मुख्य विश्वास नियम को अपने जीवन का अंग बना लें।

यदि आप भी किसी क्षेत्र में आनेवाले परिणाम को बदलना चाहते हैं तो आपको अविश्वास के दुष्चक्र से बाहर आना होगा। जो आप चाहते हैं उस ओर कोई छोटा सा कदम उठाना होगा। फेथ फ्रेम के चारों कोनों में से किसी एक को सँभालना होगा, जिससे बाकी सब सँभल पाएँ।

अब सवाल आता है कि फेथ फ्रेम के कौन से एक कोने को चुनें, जिस पर कार्य किया जाए? इसका जवाब हर एक के लिए अलग-अलग हो सकता है। क्योंकि कुछ लोगों को पहले अपना विश्वास बदलना आसान लग सकता है... कुछ लोगों को भावना बदलना या कुछ लोगों को व्यवहार बदलने पर काम करना आसान लग सकता है।

आप किसी भी कोने से शुरू करें, महत्वपूर्ण है विश्वास का चक्र सीधा चल पड़े। कई बार एक छोटा सा बदलाव भी आपका विश्वास, भावना, व्यवहार और परिणाम बदलने की क्षमता रखता है।

सारा पिछले ६ महीनों से नौकरी के लिए कोशिश कर रही थी परंतु असफल रही थी। हर इनकार के बाद उसका नकारात्मक विश्वास बढ़ता जा रहा था। गलत सोच, जो शुरू में बहुत छोटी लगती है, धीर-धीरे वह जीवन की सच्चाई बन जाती है। सारा का भी विश्वास, भावनाएँ, क्रियाएँ और परिणाम सब कुछ नकारात्मकता की ओर बढ़ रहे थे। जब बात हाथ से निकलने लगी तब उसने नकारात्मक चक्र से सकारात्मक चक्र की तरफ बढ़ने के लिए कदम उठाया।

विश्वास : इस चक्र को बदलने के लिए सारा ने जानबूझकर अपने विश्वास

को बदला। 'मुझे एक अच्छी नौकरी नहीं मिल सकती' या 'मैं इंटरव्यू में असफल रहती हूँ' की जगह उसने यह विश्वास रखा कि 'मैं सही समय पर बहुत ही बढ़िया नौकरी प्राप्त करूँगी, जो मेरे लिए ही बनाई गई है' या 'हर इंटरव्यू में मैं अच्छा और अच्छा प्रदर्शन कर रही हूँ।'

भावना : इस पर काम करने के लिए इंसान को अपने अंदर उठनेवाली भावनाओं जैसे गुस्सा, निराशा, उदासी, अकेलापन, अपराधबोध को सजग होकर देखना होगा।

सारा भी इंटरव्यू में असफल होने पर उठनेवाली भावनाओं के प्रति सजग हुई। उन भावनाओं का मानसिक और शारीरिक स्तर पर हो रहे परिणाम पर उसने ध्यान दिया। साथ ही स्वयं में यह भावना उत्पन्न की, 'नौकरी मिलना आसान है और मेरी योग्यता अनुसार मुझे मिल ही सकती है।'

व्यवहार : जो इस पर कार्य करना चुनते हैं, उन्हें अपने उच्च लक्ष्य तक पहुँचने के लिए सही तरीके से कार्य करना होगा। वह विद्यार्थी, जो पढ़ाई में अच्छे अंक प्राप्त करना चाहता है, उसे टी.वी., मनोरंजन या इंटरनेट पर बिना वजह चिपके रहना बंद करना होगा। अपनी पढ़ाई के महत्वपूर्ण हिस्से को पूरा करने के लिए उसे पढ़नेवालों का संघ बनाना होगा।

अगर सारा क्रियाओं पर काम करने का चुनाव करे तो वह नौकरी करने के तरीकों पर ऑनलाइन खोज शुरू करेगी। अपने नजदीकी रिश्तेदारों या दोस्तों को कहकर इंटरव्यू की प्रैक्टिस में मदद लेगी। जिस कंपनी में वह इंटरव्यू के लिए जानेवाली है, उसकी जानकारी इकट्ठा करेगी। इस तरह के कुछ ठोस कदम उठाएगी। जिससे नकारात्मक विश्वास चक्र उलटकर सीधा हो जाए।

परिणाम : यह इंसान की प्रकृति है कि जब कोई मनचाहा परिणाम आता है तो वह खुश होता है और जब परिणाम सही नहीं होता तो वह नाखुश और उदास हो जाता है। इस तरह वह नकारात्मकता को ही बढ़ावा देता है, जिससे अनचाहे परिणाम भी बढ़ने लगते हैं। कैसे? इसे अगले भाग में विस्तार से समझेंगे।

इस पल पहले और मूल विश्वास नियम पर कार्य करते हुए जब आप अपने व्यवहार, भावना और विश्वास में बदलाव लाएँगे तब आप जो चाहते हैं, वे परिणाम पाएँगे क्योंकि विश्वास नियम सभी के लिए एक जैसा ही कार्य करता है। अब यह

आप पर निर्भर करता है कि आप जीवन के हर क्षेत्र में क्या परिणाम पाना चाहते हैं।

अगर आप स्वास्थ्य, समृद्धि, सफलता, रिश्ते, आध्यात्मिक उन्नति ऐसे सभी स्तरों पर एक खुशहाल जीवन चाहते हैं तो देखें कि क्या बदलने से परिणाम बदलेगा ताकि आप एक प्रभावशाली, सुखद और सहज जीवन का आनंद ले सकें।

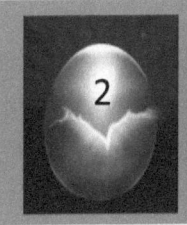 ## विश्वास से शुरुआत और विश्वास पर ही अंत

इस नियम में गौर करनेवाली बात यह है कि इसकी शुरुआत 'विश्वास' से होती है और इसका अंत भी 'विश्वास' से ही होता है। कहने के लिए यह पहले नियम का अंतिम भाग है, जबकि यह आरंभ है 'विश्वास चक्र' की अगली आवृत्ति का! चूँकि विश्वास का बढ़ना एक चक्र की भाँति होता है: विश्वास- परिणाम- फिर ज़्यादा विश्वास- बेहतर परिणाम- ऍण्ड सो ऑन (and so on) इसलिए इसका कोई अंत नहीं।

शुरुआत में आपके अंदर किसी भी बात के लिए जो विश्वास होता है, वह कुछ जानकारी एवं लोगों से सुनी हुई बातों के कारण होता है। लेकिन जब आप उस विश्वास का परिणाम अपने जीवन में देखते हैं तो वह विश्वास आपके अनुभव के स्तर पर आ जाता है। इसीलिए विश्वास से परिणाम तक और परिणाम से फिर विश्वास की इस यात्रा का

बहुत अधिक महत्त्व है। अगर इंसान यह यात्रा ही नहीं करेगा तो वह विश्वास की चरम सीमा को कभी नहीं जान पाएगा।

जब इंसान किसी बात के सबूत प्राप्त कर लेता है तब उसका विश्वास और भी बढ़ जाता है। इस बढ़े हुए विश्वास के कारण अगली बार जब वही चीज़ या घटना उसके जीवन में आती है तब उसकी भावना और व्यवहार में दृढ़ता आती है। जिससे पुनः उसे अच्छे परिणाम मिलते हैं और उसका विश्वास और अधिक दृढ़ होता है।

मान लें, आप रास्ते से कहीं जा रहे हैं और आपने किसी नौजवान को एक गरीब की मदद करते हुए देखा। इस दृश्य को देख यदि आपके अंदर यह विश्वास पनप गया कि 'लोग कितने अच्छे हैं' तो संभावना है कि आगे भी आपको लोग मदद करते हुए दिखाई देंगे। जिससे आपका विश्वास अधिक पक्का हो जाएगा कि दुनिया में मददगार लोग भी हैं। इससे विश्वास का सीधा चक्र चल पड़ेगा और ज़रूरत के वक्त आपको भी मदद मिलेगी। कुदरत का नियम है– जिस चीज़ पर आप यकीन रखते हैं, उसके सबूत (फल) आपको मिलते हैं और सबूत मिलते ही आपका यकीन बढ़ जाता है।

इस नियम में सबसे महत्वपूर्ण भूमिका होती है अंतर्मन की। जब आपको किसी चीज़ के सबूत बार-बार मिलते हैं तो वह विश्वास आपके अंतर्मन (मन की गहराई) तक पहुँचता है।

इस नियम के अनुसार इंसान के जीवन में जब कुछ घटनाएँ होती हैं तो वह उसके विश्वास की वजह से होती हैं, न कि किसी बाहरी कारण से। जब इंसान का अंतर्मन किसी बात को मानकर उस पर विश्वास कर लेता है तब ही उसका सकारात्मक या नकारात्मक परिणाम आता है।

जैसे– बरसों तक लोगों का यह मानना था कि चार मिनट में एक मील दौड़ना असंभव है। मगर महान खिलाड़ी रोजर बैनिस्टर का अंतर्मन कहीं न कहीं जानता था कि 'यह संभव है।' वे दिखने में इतने ऊर्जावान नहीं थे मगर सच्ची ऊर्जा उनके विश्वास में थी, जो कहता, 'चार मिनट में एक मील दौड़ना संभव है... संभव है... अवश्य संभव है' और एक दिन उनका विश्वास वास्तविकता में बदला।

कुछ साल पहले चार मिनट तेरह सेकेंड में एक मील दौड़ने का रेकॉर्ड तोड़कर रोजर ने इतिहास रचा। जिसके बाद कई धावकों ने उसका रेकॉर्ड तोड़ने का जी जान

से प्रयास किया और आश्चर्य यह रहा कि रोजर के बाद लगभग बीस से अधिक धावक (दौड़नेवाले) रोजर का रेकॉर्ड तोड़ पाए।

जब रोजर से पूछा गया कि 'कई नए खिलाड़ी आपका रेकॉर्ड तोड़ पाए, इसके पीछे क्या कारण होगा?' तब रोजर ने कहा, 'पहले लोगों का विश्वास था, चार मिनट में एक मील दौड़ना, असंभव है। फिर मेरा विश्वास बना, यह तो निश्चित ही संभव है और जब मैंने यह करके दिखाया तो सबको इसका सबूत मिला। इस सबूत से किसी और के अंदर विश्वास जगा कि चार मिनट से भी कम समय में एक मील दौड़ना संभव है।'

आइए, एक और घटना से 'विश्वास-भावना-व्यवहार-परिणाम-विश्वास' चक्र (पहले नियम) को समझते हैं।

अंगद नामक १० साल का एक लड़का स्कूल के लिए तैयार हो रहा था। टेबल पर रखा दूध का गिलास पीकर वह स्कूल बैग भरने के लिए अपने कमरे में चला गया। थोड़ी देर बाद उसके पापा वहाँ आए और टेबल पर दूध का गिलास न पाकर चिंतित हो गए। उन्होंने घर में सभी से इसके बारे में पूछा तो पता चला कि अंगद ने वह दूध पीया है।

'हे भगवान! ये क्या हो गया...?' पापा बहुत परेशान हो गए। जब माँ ने उन्हें परेशानी की वजह पूछी तब उन्होंने कहा, 'अरे! उस गिलास में छिपकली गिरी थी इसलिए उसे फेंकने के लिए मैंने हाथ में लिया था मगर उतने में एक अर्जंट फोन आया तो मैं गिलास टेबल पर रखकर बाल्कनी में चला गया और उसी दौरान अंगद ने वह दूध पी लिया। पता नहीं अब क्या होगा...?'

जो अंगद कुछ समय पहले स्कूल के लिए तैयार हो रहा था, छिपकली गिरनेवाली खबर सुनकर उसे तकलीफ होने लगी। थोड़ी देर में उसकी तकलीफ इस हद तक बढ़ गई कि उसे उलटियाँ होने लगीं। उसकी हालत देखकर घबराहट में माँ ने तुरंत डॉक्टर को फोन किया।

इस बीच पापा की नज़र साइड स्टूल पर रखे गिलास पर पड़ी और उन्हें याद आया कि छिपकलीवाला गिलास उन्होंने साइड स्टूल पर रखा था। सबसे पहले उन्होंने उस गिलास का दूध फेंक दिया। 'भगवान का लाख-लाख शुक्र है कि अंगद ने वह दूध नहीं पीया', यह कहते हुए पापा ने चैन की साँस ली। अंगद को जैसे ही

पता चला कि उसने जिस गिलास का दूध पिया था, उसमें छिपकली नहीं थी, वैसे ही वह नॉर्मल हो गया, उसकी उलटियाँ बंद हो गईं।

यह पढ़कर आपको आश्चर्य हो रहा होगा कि अंगद को उलटियाँ क्यों हुईं और अचानक बंद कैसे हुईं! यह उसके अंतर्मन के विश्वास का परिणाम था कि छिपकलीवाले दूध से उसकी मौत हो सकती है।

इससे यही साबित होता है कि आपका आंतरिक विश्वास ही परिणाम लाता है। यदि आपके अंतर्मन में विश्वास नहीं है तो बाकी लोगों का विश्वास काम नहीं करेगा। मगर आप जिस बात पर अंतर्मन से विश्वास रखते हैं, वह सच साबित होती ही है।

किसी दार्शनिक ने कहा है, 'जैसा ऊपर, वैसा नीचे... जैसा भीतर, वैसा बाहर' यानी जैसा विश्वास आपके भीतर, अंतर्मन में होगा, वैसा उसका बाहर प्रकटीकरण होगा।

आज के युग में ऐसे कई उदाहरण मौजूद हैं, जो चमत्कार से कम नहीं। मगर ऐसा चमत्कार तब होगा, जब आपका विश्वास अंतर्मन की गहराई से आया हो।

अगर आप भी अपने जीवन में यह विश्वास नियम- 'जैसा विश्वास, वैसी भावना, जैसी भावना वैसा व्यवहार, जैसा व्यवहार वैसा परिणाम और जैसा परिणाम वैसा विश्वास' अपनाएँगे तो सफलता का शिखर अवश्य पार कर जाएँगे।

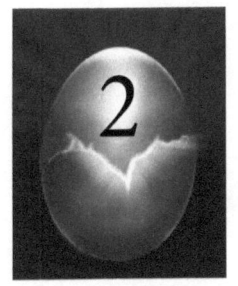

विश्वास नियम दूसरा

जैसा विश्वास बीज,
वैसी फल की गुणवत्ता

अँधेरा घना होना, सुबह जल्दी
होने का लक्षण है।
संघर्ष के दौर से गुज़रना,
सफलता की पूर्व तैयारी है।
इसलिए संदेहों से मुक्त होकर
विश्वास से भर जाएँ क्योंकि
संदेहों के पार ही बेहतर
परिणाम है।

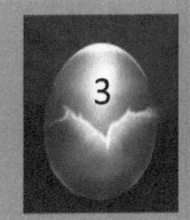

3

जैसा विश्वास बीज, वैसी फल की गुणवत्ता

रविंद्रनाथ टैगोर ने विश्वास का बहुत ही सुंदर वर्णन करते हुए कहा है- 'विश्वास उस पक्षी के समान है, जो सवेरा होने से पूर्व के अंधकार में ही चहचहाने लगता है।'

वास्तव में कुदरत का हर जीव, चाहे वह पेड़ हो, प्राणी हो या पक्षी- सभी हर पल अपना विश्वास प्रकट कर रहे हैं। सोचकर देखें कि कोयल किस विश्वास से गीत गाती है... मोर किस विश्वास से नाचता है... शेर किस विश्वास से चलता है...। कुदरत की हर चीज़ में विश्वास प्रकट रूप से दिखाई देता है।

केवल इंसान ही ऐसा प्राणी है जो कभी विश्वास के साथ तो कभी विश्वास के विपरीत भी वर्तन करता है। इसका मुख्य कारण है वह जो देखता है, जिस माहौल में रहता है, जिन लोगों के बीच उसका उठना-बैठना है, उस तरह उसका

विश्वास बनते जाता है। जो चीज़ें उसने देखी ही नहीं, वे उसके भाव या विचारों में भी नहीं आतीं और जो भाव या विचारों में नहीं आतीं, उस पर यकीन करना उसके लिए मुश्किल हो जाता है। जिन विचारों पर उसकी सहमति हो जाती है, वे विश्वास बीज का रूप ले लेते हैं। चाहे वे विचार सकारात्मक हों या नकारात्मक।

उदाहरणतः जो बच्चे बचपन से माँ-बाप को दूसरों की बेशर्त मदद करते हुए देखते हैं, वे भी बड़े होकर बहुत सहजता से ज़रूरतमंदों की मदद कर पाते हैं। उन्हें वह सहज लगता है क्योंकि उनके अंदर वैसा सकारात्मक बीज गया होता है। बचपन से वे माता-पिता को कहते सुनते हैं कि 'सभी को बेशर्त मदद करनी चाहिए' तो उन्हें शंका नहीं आती और उनकी लोगों को मदद करने की संभावना बढ़ जाती है।

इसी तरह जो बच्चे बचपन से अपने माँ-बाप को पैसों की समस्या से जूझते हुए देखते हैं, अनजाने में उनके भाव और विचार नकारात्मक हो जाते हैं। वे सोचते हैं कि 'पैसा कम है, चीज़ें कम हैं, पैसा कमाना कठिन है।' उनके इसी विश्वास बीज के कारण उनके गरीब रहने की संभावना बढ़ जाती है। वे तब तक गरीबी में ही जीते हैं, जब तक उनका नकारात्मक विश्वास बीज सकारात्मकता में नहीं बदल जाता।

इसके विपरीत जो बच्चे बचपन से अपने घर में सभी चीज़ें भरपूर मात्रा में देखते हैं, उनका विश्वास बनता है कि 'सब कुछ भरपूर है', जिस कारण उनके पास सब कुछ अधिक मात्रा में आते रहता है।

हरेक के जीवन में अलग-अलग लोग आते हैं और अलग-अलग घटनाएँ होती हैं। उनमें इंसान किस विश्वास बीज को अपने भीतर जगह देता है, यह तय करता है कि भविष्य में उसके जीवन की गुणवत्ता कैसी होगी।

दूसरा विश्वास नियम यही कहता है, 'जैसा विश्वास बीज, वैसी फल की गुणवत्ता।'

जैसे किसान जब खेती करता है तो वह पूर्ण विश्वास के साथ अपनी ज़मीन में क्वालिटी बीज बोता है, उसमें खाद, पानी डालता है। अच्छी फसल पाने हेतु हर कार्य बेहतरीन तरीके से करता है। फिर वह कुदरत को उन बीजों पर काम करने देता है।

वह यह नहीं कहता कि 'पहले फसल आ जाए, फिर मैं बीज बोऊँगा।' क्योंकि उसे पता है, अच्छे बीज बोने और उनकी देखभाल करने पर ही बेहतर फसल प्राप्त

होगी। इसके विपरीत यदि इंसान प्रार्थना में माँग करे कि 'पहले मेरा यह काम हो जाए तो मैं भगवान को नारियल चढ़ाऊँगा... फलाँ मन्नत पूरी होगी तो ही काम पर जाऊँगा... १० हज़ार रुपए की लॉटरी लगने पर उनमें से १०% दान करूँगा' तो वह कुदरत (ईश्वर) के कार्य करने का तरीका नहीं जानता। उसे पता ही नहीं कि पहले विश्वास बीज डालना होगा, फिर ही फसल के रूप में उसे कई गुना बढ़कर मिलेगा। विश्वास बीज डालना यानी जिसकी हम आशा करते हैं, उसके लिए योग्य कदम उठाकर, कार्य करना और निश्चिंत हो जाना।

जैसे किसान अपनी तरफ से बेहतरीन बीज, खाद डालकर, अपना कार्य करके निश्चिंत हो जाता है। वह फसल काटने की तैयारी करके अपना विश्वास दर्शाता है। वैसे ही इंसान को भी अपने विश्वास को बल देकर निश्चिंत हो जाना चाहिए ताकि कुदरत को कार्य करने का मौका मिले। इसी के साथ किसान की एक और गुणवत्ता ध्यान देने योग्य है- फसल बोते वक्त बीच में यदि कोई परेशानी आए तो वह खेत छोड़कर भाग नहीं जाता, डटा रहता है या जल्दबाजी में ज़मीन खोदकर यह नहीं देखता कि कहीं बीज मर तो नहीं गए इसलिए आगे कई गुना बढ़कर धान पाता है।

अतः विश्वास बीज डालने के बावजूद इंसान के जीवन में यदि कोई परेशानी आए, फिर भी बीज को पानी देते रहना है वरना अच्छी फसल नहीं आएगी। मान लें, आपने डॉक्टर बनने का फैसला किया है तो उसके लिए कंपिटेटिव एक्ज़ाम की तैयारी करनी होगी। यदि परीक्षा क्लीयर नहीं कर पाए तो पुनः तैयारी करनी होगी वरना मैदान छोड़कर भाग गए तो फसल प्राप्त नहीं होगी। खयाली पुलाव पर ही गाड़ी रुक जाएगी।

आइए, इसे और एक उदाहरण से समझते हैं।

एक साहसी नौजवान को अलग-अलग जगह घूमने का शौक था। एक दिन घूमते-घूमते वह ऐसे इलाके में जा पहुँचा, जहाँ दूर-दूर तक रेत ही रेत दिखाई दे रही थी। वह बहुत थक चुका था और उसे प्यास भी लगी थी। मगर उसे कहीं कोई घर नहीं मिला।

चलते-चलते उसे एक हैंड पंप दिखाई दिया, वह भागते हुए वहाँ पहुँचा। उसने पंप चलाना शुरू किया मगर बहुत कोशिश करने पर भी उसमें से पानी नहीं आया। तभी उसकी नज़र एक पानी से भरी बोतल पर गई। वह जैसे ही बोतल से पानी पीने लगा, उसे बोतल पर कुछ लिखा हुआ दिखाई दिया, 'यह पूरा पानी हैंड

पंप में डालें और फिर पंप करें, आपको भरपूर पानी मिलेगा।' यह पढ़कर नौजवान दुविधा में पड़ गया। पानी से अपनी प्यास बुझाए या पंप में डालने का रिस्क उठाए। कुछ देर सोचने के बाद, लिखी हुई बात पर विश्वास रखते हुए उसने बीज के रूप में पूरा पानी पंप में डाल दिया। फिर जब नौजवान ने पंपिंग की तो उसे आश्चर्य हुआ क्योंकि वाकई पंप से भर-भरके पानी आने लगा। उसने भरपूर पानी पीया, अच्छे से हाथ-पैर धोकर अपनी थकान को दूर किया और फिर जाते-जाते बोतल भरकर रख दी। साथ ही बोतल पर उसने अपनी ओर से एक पंक्ति और जोड़ दी, 'विश्वास रखें यह नुस्खा काम करता है।'

सोचिए, अगर उस नौजवान ने विश्वास रखकर पानी नहीं डाला होता तो वह खुद तो भरपूर पानी से वंचित रहता, साथ ही आनेवाले लोगों को भी दिक्कत होती।

जिस तरह केवल एक बोतल पानी से हैंड पंप द्वारा भरपूर पानी मिला, उसी तरह एक बीज में पूरा जंगल समाया हुआ है। जिस तरह के बीज बोए जाते हैं, वैसे वृक्ष और फल मिलते हैं। इंसान भी एक बीज की तरह है, जिसमें डॉक्टर, इंजीनियर, वकील, शिक्षक, चित्रकार, अभिनेता, गायक, नर्तक, वैज्ञानिक और संत के प्रकट होने की संभावना छिपी है।

इस बीज का उच्चतम लाभ लेने के लिए क्रिया में कौन से विश्वास बीज डालने हैं, आइए उन्हें जानते हैं।

क्रिया में विश्वास बीज डालना यानी आपको जो चाहिए, वह मिलने की तैयारी पहले से ही करके रखना। इसे फेथ इन एक्शन कहा गया है। जैसे किसी को कार चाहिए तो उसके लिए की-चेन लेकर रखे, किसी को वजन घटाना हो तो वह थोड़े छोटे साईज के कपड़े खरीद ले, किसी को घर खरीदना हो तो उसे सजाने के लिए कोई शो-पीस खरीद ले, घर में टी.वी. लानी हो तो उसके लिए जगह बनाकर रखे, ये सब करना विश्वास बीज डालने समान है क्योंकि यह छोटी सी क्रिया भी अप्रकट फल को प्रकट होने का विश्वास दर्शाती है।

एक गर्ल्स स्कूल में हर साल की तरह दौड़ की प्रतियोगिता का आयोजन किया गया। सोनम नाम की लड़की लगातार दो साल से यह प्रतियोगिता जीत रही थी। इसलिए इस बार भी सभी को लग रहा था कि वही यह प्रतियोगिता जीतेगी। किंतु इस साल सोनम के क्लास में किसी दूसरे शहर से अंजली नाम की लड़की शिफ्ट होकर आई थी। वह भी इस प्रतियोगिता के लिए मेहनत कर रही थी।

प्रतियोगिता के दिन सभी स्पर्धकों को दौड़ की तैयारी के साथ आमंत्रित किया गया। सभी प्रतियोगी अपना-अपना सामान लेकर मैदान में पहुंचे। सोनम के चेहरे पर चैंपियन होने का अभिमान झलक रहा था। तभी अंजली अपने सामान के साथ वहाँ आ पहुँची। वह अपने साथ एक एक्स्ट्रा खाली बैग लेकर आई थी । टीचर और उसकी सहेलियों ने आश्चर्य से पूछा, 'तुम यह खाली बैग क्यों लाई हो?' तब उसने पूरे जोश के साथ कहा, 'क्यों न लाऊँ!! प्रतियोगिता जीतने के बाद मुझे जो ट्रॉफी मिलेगी, उसे ले जाने के लिए बैग की ज़रूरत पड़ेगी न!' उसकी बातें सुनकर सहेलियाँ मुँह दबाकर हँसने लगीं। उन्होंने सोचा, 'ये नहीं जानती कि सोनम दौड़ने में कितनी तेज है इसीलिए ऐसा कह रही है।' सभी को लगा कि सोनम जैसी प्रतिभाशाली खिलाड़ी के सामने अंजली नहीं टिक पाएगी। वे नहीं जानती थीं कि खाली बैग लाकर उसने कुदरत को अपनी जीत का इशारा दे दिया है।

दौड़ शुरू हुई, कभी सोनम आगे होती तो कभी अंजली। अंतिम क्षणों में अंजली ने अपना पूरा जोर लगा दिया और बाजी मार गई। अंजली को जब ट्रॉफी दी गई तब सभी के आश्चर्य का ठिकाना न रहा। प्रतियोगिता शुरू होने से पहले अंजली के भाव-विचार-वाणी और क्रिया से जो विश्वास झलक रहा था, उस पर सबको विश्वास हो गया। अंजली के विश्वास की जीत हुई।

आप सोच रहे होंगे कि यदि वह नहीं जीतती तो क्या होता? क्या उसका विश्वास विफल हो जाता? जी नहीं। जब भी आपके साथ ऐसा हो कि आपके विश्वास बीज के परिणाम आपको उस वक्त दिखाई न दें तो समझ जाएँ कि आपको उतने ही विश्वास के साथ फिर से तैयारी करनी है। यदि विफलता आई है तो कुदरत आपसे अधिक अच्छा काम करवाना चाहती है। बस आपको थोड़े अभ्यास और धीरज की ज़रूरत है। विश्वास बीज का परिणाम सही समय पर आपके पास पहुँच ही जाएगा।

आइए, अब समझें कि कैसे इस नियम का लाभ लेकर, हम अपने भाव और विचारों में सकारात्मक और सुखद विश्वास बीज डाल सकते हैं।

क्या आपने कभी ऐसी सूची बनाई है, जिसमें उन लोगों के नाम लिखे हैं, जिनके गुण आप अपने अंदर लाना चाहते हैं? यह बात महत्वपूर्ण है क्योंकि ऐसा करने से आपके अंदर छिपे सुप्त गुणों के प्रकट होने की संभावना बढ़ जाएगी।

अतः आज ही समय निकालकर ऐसी सूची बनाएँ जिसमें अच्छे, सच्चे,

ईमानदार, समृद्ध और प्रेम से भरे लोगों के नाम हों। ये लोग आपके आस-पास के भी हो सकते हैं और कोई बड़ी हस्ती भी हो सकती है। इस सूची को ऐसी जगह लगाकर रखें, जहाँ आपकी नज़र पड़े। ऐसा करने से जब भी आप इन लोगों को कहीं देखेंगे या इनके बारे में पढ़ेंगे तो आपका ध्यान उनके गुणों पर ही जाएगा। जब-जब आप उन गुणों का दर्शन करेंगे, आपके अंदर भी वैसा ही विश्वास तैयार होगा कि 'यह संभव है' और बहुत जल्द आप देखेंगे कि वे गुण आपके अंदर आ चुके हैं। इस तरह का विश्वास जगने पर आपका भविष्य उज्ज्वल होगा।

साथ ही आपको जब भी किसी के अंदर कोई गुण दिखे तो मन ही मन में उसे तुरंत टिक (✔) करें और कुदरत को बताएँ कि 'हमारे अंदर भी यह गुण आए।' ऐसा करने पर वे चीज़ें आपके जीवन में आएँगी और जो हैं ही, वे और बढ़ेंगी।

यह सुनकर कोई आश्चर्य कर सकता है कि सिर्फ टिक (✔) करने मात्र से हमारे जीवन में कैसे कोई चीज़ आ सकती है? लेकिन यहाँ हम समझेंगे कि ऐसा क्यों होता है।

जब हम कोई गुण, कला, घटना को देखकर टिक करते हैं तब हम पूर्णतः उस चीज़ पर ध्यान केंद्रित करते हैं और जैसे ही हम ध्यान को किसी चीज़ पर लगाते हैं तो हमारे अंदर वैसा विश्वास बीज जाने लगता है।

सुबह से लेकर रात तक आपके जीवन में ऐसी कई घटनाएँ होती हैं, जिन पर आपको टिक करना चाहिए कि 'यस, यह गुण आज भी लोगों में है। आज भी लोग सच्चा (बेशर्त) प्रेम करते हैं... आज भी लोग स्वस्थ हैं... आज भी जीवन आनंद लेने योग्य है... आज भी ईमानदारी, मासूमियत है... आज भी दूसरों के लिए (अव्यक्तिगत जीवन) जीनेवाले लोग हैं।'

जब आप देखते हैं कि कोई इंसान दुःख में भी खुश है तब आपके अंदर भी विश्वास जगता है कि 'यह संभव है, दुःख में भी खुश रहा जा सकता है।' लेकिन जब तक यह विश्वास नहीं जगता तब तक थोड़ा भी दुःख आया तो इंसान दुःखी होता ही है।

अतः दूसरे विश्वास नियम पर अमल करके स्वयं में यह विश्वास बीज डालें कि 'दुःख में खुश रहा जा सकता है... हमेशा खुश रहने की ज़िम्मेदारी ली जा सकती है।' जिससे दुःख में भी खुश रह पाने का फल प्रकट होगा।'

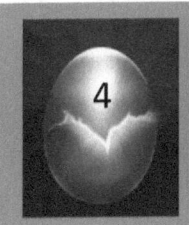

लिखें विश्वास के साथ, पाएँ ईश्वर का हाथ

पृथ्वी पर हर इंसान स्वस्थ शरीर, फुर्तीली बुद्धि, आर्थिक समृद्धि और मधुर रिश्ते पाना चाहता है। मगर कुछ ही लोगों के जीवन में ऐसी सभी सकारात्मक चीज़ों का बहाव दिखाई देता है। अधिकांश लोगों में से किसी के पास स्वास्थ्य है मगर आर्थिक समृद्धि नहीं, कोई पैसों से अमीर है तो रिश्तों से गरीब। किसी के बैंक अकाउंट में करोड़ों रुपए हैं मगर उसकी प्रेम की झोली खाली है। किसी के जीवन में सब कुछ है, फिर भी उसे अपूर्णता महसूस होती है।

ऐसे में सवाल उठता है कि क्या हमें एक ही वक्त शारीरिक, मानसिक, सामाजिक, आर्थिक और आध्यात्मिक सफलता मिल सकती है? क्या हम पूर्ण रूप से निश्चिंत, स्वस्थ और समृद्ध जीवन जी सकते हैं? ज़रूर जी सकते हैं! मगर मन में शंका हो कि 'एक ही समय पर ये सभी सफलताएँ पाना लगभग असंभव है' तो थोड़ा रुक जाएँ। क्योंकि 'जैसा

आपका विश्वास, वैसा आपको प्राप्त होनेवाला परिणाम', इस विश्वास नियम को आपने जाना है।

वाकई आप स्वयं के जीवन में सकारात्मक रूपांतरण देखना चाहते हैं तो आपको विश्वास रखते हुए कुछ बातें निर्धारित करनी होंगी। आप जीवन में निश्चित क्या पाना चाहते हैं, आपके जीवन का लक्ष्य क्या है? क्या आपके मन में जीवन की स्पष्ट प्रतिमा है? अगर 'नहीं' तो यही असफलता का मूल कारण है। अब वक्त आया है जीवन की स्पष्ट प्रतिमा शब्दों में लाने का... 'विश्वास डायरी' लिखने का!

आलस या भाग-दौड़ करने की वजह से न लिखनेवाले लोग यह नहीं जानते कि जब कोई इंसान अपने इरादे, लक्ष्य और विश्वास लिखित रूप में प्रकट करता है तब उसके द्वारा कुदरत को स्पष्ट रूप में संकेत दिया जाता है। अतः लेखन को कभी नज़रअंदाज न करें बल्कि उसका उच्चतम लाभ लें।

विश्वास के साथ लिखे हुए शब्द कुदरत को सीधा संकेत देते हैं कि आप जीवन में निश्चित क्या चाहते हैं। इसलिए लिखें विश्वास के साथ, पाएँ ईश्वर का हाथ। 'ईश्वर का हाथ' यानी ईश्वर (कुदरत) की सहमति।

अपने विश्वास को लिखित रूप में उतारने के लिए बनाएँ 'विश्वास डायरी'। एक ऐसी डायरी, जिसमें लिखी हुई हर बात वास्तव में आपके जीवन में सच होनेवाली है। डायरी लिखते वक्त यदि मन में शंका आए कि 'पता नहीं यह होगा या नहीं?' तो स्वयं को बताएँ, 'डायरी में लिखा है तो यह होने ही वाला है।' इसे 'सफल जीवन की डायरी' यानी 'फेथ फेअर बुक फॉर सक्सेसफुल लाइफ' भी कहा जा सकता है।

विश्वास डायरी कैसे लिखें

१. एक ही डायरी में विस्तार से लिखें :

विश्वास डायरी लिखते वक्त इस बात का विशेष ध्यान रखें कि यह कोई मामूली डायरी नहीं है बल्कि आपका जीवन है, जो अंत तक आपके साथ रहेगी। मानो, यह आपके सफलता की नींव है। इसलिए डायरी आकर्षक और ऐसी हो, जिसमें आप कई बातें विस्तार से लिख पाएँ। यदि आपके पास लिखने का कोई अन्य सिस्टम है, जैसे लैप टॉप, मोबाइल, आय पैड, कंप्यूटर तो और भी बेहतर। वरना हर बार लिखने के लिए यदि अलग डायरी इस्तेमाल की गई तो यह याद आना कठिन

होगा कि 'मैंने फलाँ बात कौन सी डायरी में लिखी थी?' ऐसी दुविधा से बचने के लिए एक ही डायरी बनाएँ।

२. **पाँच भागों में लिखें :**

   १) शारीरिक (स्वास्थ्य से संबंधित)

   २) मानसिक (मन की शांति से संबंधित)

   ३) सामाजिक (रिश्ते-नाते, सामाजिक उत्तरदायित्व से संबंधित)

   ४) आर्थिक (पैसा, करियर, सफलता से संबंधित)

   ५) आध्यात्मिक ('असली मैं' को जानना और सर्वोच्च आनंद पाना, इसे ही 'मोक्ष' या 'मुक्ति' कहा गया है।)

   विश्वास डायरी लिखते वक्त उसके पाँच भाग बनाएँ और उस भाग से संबंधित बातें वहाँ पर लिखें। जैसे– 'शारीरिक' भाग में स्वास्थ्य से संबंधित बातें और करियर या बिजनेस के संदर्भ में जो चाहिए, वह 'आर्थिक' भाग में लिखें।

३. **सिर्फ 'जो चाहिए' वही लिखें :**

   'सफलता की विश्वास डायरी' लिखते वक्त यह भी ध्यान में रखें कि इसमें आपको जो चाहिए, सिर्फ वही लिखें। 'मुझे बीमारी नहीं चाहिए' की बजाय लिखें– 'मुझे स्वास्थ्य का आनंद चाहिए।' यकीन मानिए, आप विश्वास डायरी में जो भी लिखेंगे, वह सच होगा। इसीलिए इसमें आपको सिर्फ स्वास्थ्यवर्धक, सकारात्मक और प्रेरणादायी शब्द ही लिखने हैं। क्योंकि सकारात्मक शब्दों से सकारात्मक प्रोग्रामिंग होती है और नकारात्मक शब्द अपना असर गहराई तक छोड़ जाते हैं। आगे दिए गए उदाहरणों में लिखने का गलत और सही तरीका बताया गया है।

गलत तरीका – हे भगवान! मेरी गरीबी कब दूर होगी?

सही तरीका – मेरे जीवन में सब चीज़ें भरपूर मात्रा में आ रही हैं। मैं एक कुशल बिजनेसमैन बन रहा हूँ।

गलत तरीका – मुझे सफल बनने के लिए बहुत कष्ट करने पड़ेंगे।

सही तरीका – 'विश्वास नियम' जानकर और मेहनत से मैं सफल बन सकता हूँ।

इस तरह विश्वास नियम के साथ आप आगे दिए गए या उन जैसे शब्दों का प्रयोग भी कर सकते हैं:

(अ) **शारीरिक सफलता**

- मैं स्वस्थ हूँ, तंदुरुस्ती का आनंद ले रहा हूँ।
- मैं चुस्त हूँ, चुस्ती का आनंद ले रहा हूँ।
- मैं सही वक्त पर सही मात्रा में भोजन लेता हूँ।
- स्वस्थ शरीर मुझे उच्चतम अभिव्यक्ति करने में मदद कर रहा है।
- मैं सुडौल और हलका महसूस कर रहा हूँ।
- मैं ईश्वर की दौलत हूँ, कोई भी बीमारी मुझे छू नहीं सकती।

अब स्वयं को शाबाशी देते हुए कहें– 'स्वस्थ, चुस्त, तंदुरुस्त, खुशहाल, आनंदित शरीर आपको बहुत-बहुत मुबारक!'

(ब) **मानसिक सफलता :**

- मेरा मन शुद्ध, बुद्ध, पवित्र, समर्थ और प्रेम से युक्त है।
- मेरे मन में सकारात्मक विचारों का बहाव रहता है।
- मेरा मन हर घटना में अकंप रहता है।

(क) **सामाजिक सफलता :**

- मेरे रिश्तों में प्रेम और विश्वास की धारा बहती है।
- रिश्ते मेरी ताकत और प्रेरणा हैं।
- सभी रिश्ते मुझे पूर्ण और संतुष्ट बनाते हैं।
- रिश्तों की रोशनी में मेरा जीवन खिल-खुल रहा है।

(ड) **आर्थिक सफलता**

- मैं अमीर होने के साथ-साथ मनी-मैग्नेट भी हूँ।
- मेरे जीवन में पैसों का भरपूर बहाव है।

- मेरे जीवन में सब कुछ भरपूर है... प्रेम, पैसा, क्रिएटिव आयडियाज और अवसर!
- जीवन में सफलता पाना मेरा स्वभाव है और मेरे लिए आसान भी।
- मैं समृद्धि का स्रोत हूँ।

(इ) **आध्यात्मिक सफलता**

- इसी जीवन में मोक्ष पाना मेरे लिए संभव है।
- मैंने अपनी उच्चतम संभावनाएँ खोली हैं।
- मैं शुद्ध, बुद्ध, पवित्र और अकंप बन रहा हूँ।
- सर्वोच्च चेतना (ईश्वर) में स्थापित होना मेरा परम लक्ष्य है।
- जीवन के संपूर्ण सत्य को मैंने जान लिया है।

४. **हर बात स्पष्टता से लिखें :**

एक सेमिनार में ट्रेनर ने सभी से पूछा- 'आपमें से कितने लोगों को ज़्यादा पैसे चाहिए?'

कुछ लोगों ने हाथ ऊपर किए। ट्रेनर ने उनके हाथ में सौ रुपए का नोट रखकर कहा- 'अब आपके पास पहले से ज़्यादा पैसे हैं। क्या आप खुश हैं?'

जवाब आया, 'नहीं!'

ट्रेनर ने उन सभी के हाथों में पाँच सौ रुपए का नोट रखकर कहा- 'अब तो ठीक है न?'

फिर भी कुछ लोग कहने लगे- 'नहीं... और ज़्यादा चाहिए।'

इस उदाहरण पर गौर करें। लोग अपने जीवन में भी 'और ज़्यादा... और ज़्यादा' की चाहत में कभी खुश नहीं रह पाते। मगर क्या उन्हें इस 'और ज़्यादा' की स्पष्ट कल्पना होती है कि निश्चित कितना चाहिए? इसीलिए आपको जो चाहिए, उसकी स्पष्ट रूपरेखा बनाएँ। वरना 'और ज़्यादा... बहुत कम... थोड़ा सा ही... बिलकुल कम...' ये शब्द आपके अवचेतन मन को संभ्रमित कर सकते हैं। आइए, कुछ उदाहरणों से इसे समझते हैं।

शारीरिक स्तर

गलत तरीका – मुझे अपना वजन कम करना होगा।

सही तरीका – आनेवाले चार महीनों में (---- तारीख तक) मेरा चार किलो वजन कम हो चुका होगा।

मानसिक स्तर

गलत तरीका – मैंने भूतकाल में बहुत गलत कर्म किए हैं इसलिए मुझे प्रायश्चित करना ही होगा।

सही तरीका – मैंने खुद को माफ किया है इसलिए आज मेरा हर कर्म तेज, ताजा और फ्रेश ही होता है।

सामाजिक स्तर

गलत तरीका – मेरे घर से अशांति दूर हो जाए।

सही तरीका – मेरे घर में शांति के साथ-साथ प्रेम, आनंद और स्वस्थ संवादमंच भी तैयार हो चुका है।

आर्थिक स्तर

गलत तरीका – मुझे बहुत पैसा कमाना है।

सही तरीका – मैं ---- (तारीख) तक अपनी कंपनी का प्रॉफिट ---- तक लाऊँगा।

आध्यात्मिक स्तर

गलत तरीका – मुझे सभी कर्मों का निपटारा करना है।

सही तरीका – मैं इसी जीवन में सभी कर्मबंधनों से मुक्त हूँ... आज़ाद हूँ, आज़ादी हूँ।

५. **अपना उद्देश्य भी लिखें :**

'विश्वास डायरी' में अपनी प्रार्थनाओं के पीछे का उद्देश्य स्पष्टता से लिखें। आप अपने जीवन में जो कुछ चाहते हैं, उसे सहजता से पाने के लिए 'ताकि'* शब्द

---

*ताकि का विस्तार पृष्ठ 55 में पढ़ें– 'जो वर्णन करोगे, वह वजूद में आएगा'।

का इस्तेमाल करें। जैसे-

१. मैं 'संपूर्ण स्वास्थ्य' पाना चाहता हूँ **ताकि** मैं संपूर्ण सफलता का लक्ष्य पा सकूँ।

२. मैं नियमित रूप से व्यायाम करना चाहता हूँ **ताकि** मेरी रोग प्रतिकार क्षमता बढ़े।

३. मेरे शरीर में दिव्य ऊर्जा का प्रवाह हो **ताकि** मैं हर पल आनंद ले पाऊँ।

४. मेरे जीवन में आर्थिक समृद्धि हो **ताकि** मैं ज़रूरतमंदों की सहायता कर पाऊँ।

५. मैं आध्यात्मिक उन्नति करना चाहता हूँ **ताकि** प्रेम, आनंद और शांति के साथ मेरी दोस्ती हो जाए।

६. **विश्वास के साथ लिखें और वर्तमान या भविष्य काल में लिखें :**

विश्वास डायरी लिखते वक्त जिस भी तरीके से लिखने पर आपका विश्वास प्रकट होता है, वह आपके लिए सही है। केवल इसे पूर्ण समर्पण और विश्वास के साथ लिखें। कुछ लोगों का मन वर्तमान के वाक्य को अस्वीकार कर सकता है। जैसे यदि किसी ने लिखा, 'मेरे पास भरपूर प्रेम, आनंद और शांति है' तो मन सवाल उठा सकता है कि 'कहाँ है?' जिससे इंसान का विश्वास कमजोर पड़ सकता है। ऐसे में उसके लिए भविष्य काल का वाक्य सही हो सकता है। जैसे- 'मैं भरपूर प्रेम, आनंद और शांति चाहता हूँ'। इसके विपरीत कुछ लोगों का मन कहेगा, 'न जाने यह भविष्य कब आएगा... मुझे तो वर्तमान में प्रेम, आनंद, शांति चाहिए।' इन लोगों को वर्तमान के वाक्य पसंद आएँगे। इस प्रक्रिया में महत्वपूर्ण है विश्वास बढ़ना। जिस भी तरीके से आपका विश्वास बढ़ता है, वैसे लिखें।

७. **विश्वास के साथ पढ़ें :**

सफलता की दिशा में आपके सफर का अगला कदम है- हर हफ्ते तीन या चार बार अपने लक्ष्यों की सूची को पढ़ना। अपने अंतर्मन की रचनात्मक शक्तियों को जगाना, उन्हें सक्रिय करना। इसके लिए सूची को पूर्ण विश्वास और पूर्णता की भावना के साथ पढ़ें। अपनी आँखें बंद करें और हर लक्ष्य को यूँ कल्पित करें, मानो वह पूरा हो चुका है। कुछ पल रुककर यह महसूस करें कि अगर आपने हर लक्ष्य पूरा कर लिया है तो अब कैसा महसूस हो रहा है। कुछ पल इस भावना में बने रहें।

इस प्रयोग से आपकी इच्छा शक्ति सक्रीय होगी। आपका अवचेतन मन (सबकॉन्शियस माईंड) आपकी मौजूदा वास्तविकता और आपके लक्ष्य की कल्पना के बीच बने अंतर को कम कर देगा। बार-बार दोहराकर लक्ष्य को पहले ही पूरा कर लिया गया है, ऐसी भावना रखकर एक प्रकार से आप कुदरत को सहयोग करते हैं।

अंत में यह सुनिश्चित करें कि आप हफ्ते में कम से कम तीन या चार बार अपनी डायरी सुबह जागने के बाद या रात में सोने से पहले पढ़ेंगे। आप चाहें तो छोटे कार्डस् के ऊपर भी अपना लक्ष्य लिखकर रख सकते हैं। कार्डों का बंच अपने साथ रखें और जैसे-जैसे आपको वक्त मिले एक-एक करके उन्हें पढ़ें। जब आप कहीं सफर पर जा रहे हैं तो अपनी डायरी या कार्डस् अपने साथ ज़रूर रखें।

चाहें तो आप अपने कंप्यूटर या मोबाइल में कोई स्क्रीन सेवर भी बना सकते हैं, जो आपको लक्ष्य की याद दिलाएगा। इन सबका उद्देश्य है आपका फोकस और विश्वास हमेशा उस पर ही रहे, जो आप जीवन में पाना चाहते हैं।

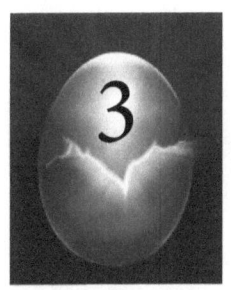

विश्वास नियम तीसरा

ईश्वर पर भरोसा, अपने आप (बेहतर) परोसा

अगर आप सफलता और समृद्ध जीवन की ऊँचाइयों को छूने का लक्ष्य रखते हैं तो याद रखें कि उसकी नींव १००% विश्वास में है। जिस पल आप विश्वास रखते हैं, उसी पल सफलता आपकी ओर बढ़ जाती है।

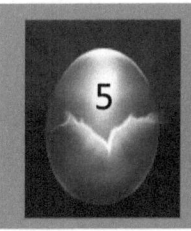

ईश्वर पर भरोसा, अपने आप (बेहतर) परोसा

एक बार भगवान से उनके प्रिय भक्त ने कहा, 'प्रभु, आप एक ही जगह खड़े-खड़े थक गए होंगे। एक दिन के लिए मैं आपकी जगह मूर्त बनकर खड़ा हो जाता हूँ, आप मेरा रूप धारण कर कहीं घूम आएँ।' भगवान मान जाते हैं लेकिन शर्त रखते हैं कि जो भी लोग प्रार्थना करने आएँ तुम बस उनकी प्रार्थना सुन लेना, कुछ बोलना नहीं। मैंने उन सभी के लिए प्लॅनिंग कर रखी है।' भक्त मान जाता है।

सबसे पहले मंदिर में एक बिजनेसमैन आता है और कहता है, 'भगवान मैंने एक नई फैक्टरी डाली है, उसे खूब सफल करना।' वह माथा टेकने के लिए नीचे झुकता है तो उसका पर्स गिर जाता है। वह बिना पर्स लिए ही चला जाता है। भक्त बैचेन हो जाता है। वह सोचता है रोककर उसे बताए कि पर्स गिर गया लेकिन शर्त की वजह से मौन रहता है।

उसके बाद एक गरीब इंसान आता है और भगवान से कहता है, 'घर में खाने को कुछ नहीं है, भगवान मदद करें।' तभी उसकी नज़र पर्स पर पड़ती है। वह पर्स लेकर चला जाता है।

अब तीसरा व्यक्ति आता है। वह नाविक होता है। भगवान से कहता है, 'मैं १५ दिन के लिए जहाज़ लेकर समुद्री यात्रा पर जा रहा हूँ। यात्रा में कोई अड़चन न आए भगवान।' तभी पीछे से बिजनेसमैन पुलिस के साथ आता है और कहता है, 'मेरे बाद यह नाविक आया है। इसी ने मेरा पर्स चुराया है।'

पुलिस नाविक को ले जा रही होती है कि तभी भक्त बोल पड़ता है। पुलिस भक्त के कहने पर नाविक को छोड़, उस गरीब को पकड़कर जेल में बंद कर देती है। रात को भगवान आते हैं तो भक्त खुशी-खुशी उन्हें पूरा किस्सा सुनाता है। भगवान कहते हैं, 'तुमने किसी का काम बनाया नहीं बल्कि बिगाड़ा है। वह व्यापारी गलत धंधे करता है। गरीब उस पर्स को पुलिस के हवाले करनेवाला था। जिसके ज़रिए पुलिस को बिजनैसमैन के काले करतूतों के कुछ सबूत मिलकर, वे गरीब को इनाम देनेवाले थे। बिजनैसमैन पकड़ा जानेवाला था। रही बात नाविक की, वह जिस यात्रा पर जा रहा था, वहाँ तूफान आनेवाला था। वह कुछ देर जेल में रहता और असली बात पता चलने पर छूटनेवाला था। इस तरह वह तूफान से भी बचनेवाला था। अब गरीब के बच्चे भूखे रहनेवाले हैं। नाविक की नाव डूबनेवाली है और बेईमान बिजनैसमैन को कोई सज़ा नहीं मिलनेवाली है।'

हमारे जीवन में भी ऐसी मुसीबतें आती हैं, जब हमें लगता है कि 'यह मेरे साथ ही क्यों हुआ?' तब समझ लें इसके पीछे भगवान की प्लॅनिंग होती है।

इस कहानी में समझने के लिए 'भगवान की प्लॅनिंग' शब्द इस्तेमाल किया गया है। लेकिन जान लें कि भगवान यानी ऐसा कोई अलग सा अस्तित्व नहीं है, जो कहीं बैठकर प्लॅनिंग करता है। यहाँ पर सभी का जीवन उनके 'डिवाइन प्लॅन' (दिव्य योजना) के मुताबिक आगे बढ़ रहा है। कुदरत उस डिवाइन प्लॅन अनुसार हम सबको अपनी उच्चतम संभावना की ओर ही ले जा रही है।

इसलिए जब भी कोई मुसीबत आए, उदास मत होना बल्कि इस कहानी को याद कर सोचना, **'जो भी होता है, अच्छे के लिए होता है... ईश्वर पर भरोसा अपने आप बेहतर परोसा।'**

जीवन रूपी थाली में कुदरत कौन सी घटना कब परोसनेवाली है, यह आपको पता नहीं होता। कभी स्वादिष्ट, कभी कड़वी, कभी मीठी, कभी खट्टी; कभी मनचाही तो कभी अनचाही घटनाएँ परोसी जाती हैं। मनचाही घटना में इंसान विश्वास की बड़ी-बड़ी बातें करता है लेकिन अनचाही घटना सामने आते ही अविश्वास का गीत गाने लगता है, 'ना कोई उमंग है, ना कोई तरंग है।'

अगर आप कुदरत (ईश्वर) पर भरोसा रखते हुए घटनाओं का सामना करते हैं तो आपकी नैय्या हर मुश्किल घड़ी में पार होती रहेगी और आप पूरी ऊर्जा के साथ किनारे पहुँच जाएँगे। जैसे ही आप अपनी थाली में परोसकर आई हुई घटना को अस्वीकार करते हैं, आपके मन में दुःखद भावना तैयार होती है। इससे वैसी ही दुःख देनेवाली घटनाएँ रिपीट होती हैं।

कोई भी घटना हो, सबसे पहले उसे 'ईश्वर की परोसन' या 'ईश्वर का प्रसाद' समझकर स्वीकार करें। विश्वास रखें, आपकी थाली में कुदरत आपको वही परोसती है, जिसकी आपको ज़रूरत होती है। जैसे माँ बच्चे की थाली में कड़वा करेला उसके स्वास्थ्य के लिए ही परोसती है। वह जानती है कि बच्चे की ज़रूरत क्या है। उसी तरह कुदरत (मदर नेचर) जानती है कि हमारी ज़रूरत क्या है... किस बात से हमारा विकास होनेवाला है... किस बात में हमारी भलाई है...। उसके अनुसार ही वह हमारे जीवन में घटनाएँ परोसती है। अज्ञानवश हम उन पर सुखद या दुःखद का ठप्पा लगाकर दुःखी होते रहते हैं।

'ईश्वर पर भरोसा' यानी आपका ईश्वर पर अटूट विश्वास है। जो भी घटता है, वह ईश्वर का ही निर्णय होता है। जो हो चुका, उससे बेहतर कुछ हो नहीं सकता, यह आपका यकीन बन चुका है। कोई भी अनचाही स्थिति सामने आते ही आपको पक्का होता है कि 'यह घटना कुदरत ने परोसकर मेरे सामने रखी है। ईश्वर कभी गलती नहीं करता।'

जिस तरह समुंदर में एक लहर ऊपर उठती है और दूसरी विलीन होती है, वैसे ही इंसान के जीवन में कभी सुखद तो कभी दुःखद घटनाओं की लहरें आती-जाती रहती हैं। सुखद घटनाओं में तो कोई भी खुश रह पाता है मगर दुःखद घटनाओं में ही इंसान के विश्वास की, ईश्वर पर होनेवाले भरोसे की परख होती है। ऐसे में यदि वह यह समझ रखे कि उसके जीवन की हर घटना कुदरत द्वारा परोसकर दिया हुआ भोजन है, स्वयं ईश्वर द्वारा किया हुआ आयोजन है तो क्या वह इतना अविश्वासभरा

विश्वास नियम ▢ 45

जीवन जीएगा? नहीं न!

कुदरत चाहती है सृष्टि का हर जीव उसके उच्चतम विकसित रूप तक पहुँचे। जिस तरह आपके मोबाइल में ऐप्स अपडेट होते रहते हैं, उसी तरह कुदरत आपका अगला वर्जन यानी उच्चतम स्वरूप निर्माण करना चाहती है। अगर आप अपने मोबाइल से बेहतर परिणाम चाहते हैं तो आप सबसे 'लेटेस्ट ऑपरेटिंग सिस्टम' वाला मोबाइल खरीदते हैं। मगर तंत्रज्ञान में क्रांति करनेवाला इंसान यह भूल जाता है कि उसका मन और शरीर भी एक मशीन की तरह ही है। यदि आप इस यंत्र को किसी भी स्थिति में खुश और अकंप रखना चाहते हैं तो केवल समर्पण की शक्ति ही यह कार्य कर सकती है। समर्पण इस बात के लिए कि जो भी होता है, बेहतर के लिए होता है।

एक इंसान ने बड़े शौक से नया घर बनवाया। गृहप्रवेश करने के एक दिन पहले ही उसका नया घर टूट गया। फिर भी उस इंसान ने अपने सगे-संबंधियों को मिठाइयाँ बाँटीं। यह देख सभी आश्चर्यचकित रह गए और बोले, 'तुम पागल हो गए हो क्या? तुम्हारा घर टूट गया और तुम मिठाइयाँ बाँट रहे हो?' तब उस इंसान ने एक नया दृष्टिकोण प्रस्तुत किया। उसने कहा, 'अगर एक दिन बाद मेरा नया घर गिरता तो मेरे पूरे परिवार की मृत्यु हो सकती थी। ईश्वर की यही इच्छा थी कि यह घर एक दिन पहले ही गिरे।' इतना ही नहीं, जब दोबारा घर बनवाने के लिए उस इंसान ने खुदाई की तब उसे ज़मीन के अंदर गड़ा खज़ाना भी मिला।

आम दृष्टि से देखा जाए तो नए घर के टूटने को बुरी घटना माना गया। जबकि कुदरत बेहतर परोसकर देना चाहती थी। अगर आप इस समझ के साथ घटनाओं को स्वीकार करेंगे, थोड़ा धीरज रखेंगे तो हर घटना में छिपे आश्चर्य देख पाएँगे। वरना हर मौके को धोखा समझकर उससे दूर भागते रहेंगे।

दुःखद या बुरी लगनेवाली घटनाओं को टेस्टिंग भी कहा जा सकता है। क्योंकि ये घटनाएँ इंसान के जीवन में इम्तहान की घड़ियाँ होती हैं, जिनसे होकर गुज़रने से उसका विश्वास अधिक मज़बूत होता है।

किसी के जीवन में स्वास्थ्य से संबंधित समस्याएँ आती हैं तो किसी के जीवन में पैसों से संबंधित... कोई रिश्तों की समस्याओं में उलझा हुआ है तो कोई मानसिक विकारों से परेशान है... किसी परिवार में अचानक किसी प्रियजन की मृत्यु होने पर उसके जीवन में मानो अँधेरा छा जाता है। इन टेस्टिंग्ज के बावजूद जो इंसान स्वयं

पर, ईश्वर पर भरोसा रखकर कार्य कर पाता है, उसके जीवन में अच्छे परिणाम आते ही हैं। तब वह कह पाता है, 'अच्छा हुआ मेरे जीवन में ईश्वर ने फलाँ-फलाँ समस्या परोसी वरना मुझे यह बेहतर जीवन नहीं मिलता।'

यदि आप भी जीवन में विश्वास का शिखर पाना चाहते हैं तो तीसरे विश्वास नियम को साथ लेकर चलें और समर्पण की शक्ति को परखें।

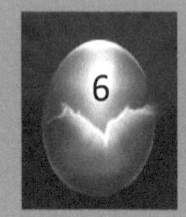

जब तू जागे, विश्वास का समय उसी के आगे

कई बार घटना के दौरान इंसान को शंका आती है कि 'अब क्या हो सकता है, इतना नुकसान हो चुका है, बात हाथ से निकल चुकी है, बहुत देर हो चुकी है। अब विश्वास रखकर भी कुछ नहीं होनेवाला' आदि। मगर उस वक्त भी विश्वास के साथ प्रार्थना तो कर ही सकते हैं।

एक जंगल में गर्भवती हिरणी अपने बच्चे को जन्म देनेवाली थी। प्रसूति का समय नज़दीक होने के कारण उसे बहुत पीड़ा हो रही थी। बच्चे को जन्म देने हेतु वह सुरक्षित स्थान ढूँढ़ रही थी। अचानक उसने देखा कि मौसम में बदलाहट हुई और सब तरफ घने बादल छा गए। कुछ देर बाद बिजलियाँ भी चमकने लगीं।

हिरणी परेशान सी इधर-उधर घूमने लगी और दर्द के कारण जोर-जोर से चिल्लाने लगी। तभी उसकी नज़र एक

स्थान पर गई, जहाँ बहुत सारी सूखी घास पड़ी थी। जिसे देख उसकी जान में जान आई। मगर अचानक जोरदार गड़गड़ाहट के साथ सूखी घास पर बिजली आ गिरी। फिर क्या था! सूखी घास धूँ-धूँ कर जल उठी।

ऐसी परिस्थिति में हिरणी बुरी तरह फँस गई। एक तरफ गर्भ की पीड़ा तो दूसरी तरफ आग। हिरणी के लिए अंदर-बाहर दोनों तरफ तकलीफ ही तकलीफ थी।

दूर से एक शिकारी यह नज़ारा देख रहा था, जो हिरणी को तीर मारने के लिए निशाना साधे हुए था। तभी हिरणी की नज़र शिकारी पर पड़ी और वह डरकर दूसरी ओर भागने का प्रयास करने लगी मगर उस तरफ उसे एक शेर खड़ा नज़र आया। अब तो हिरणी के लिए चारों तरफ खतरा ही खतरा था। ऊपर बिजली... नीचे आग... दाएँ शिकारी... तो बाएँ शेर...। ऐसी स्थिति में एक पल के लिए उसने अपने और होनेवाले बच्चे के ज़िंदा रहने की उम्मीद ही खो दी। फिर भी कहते हैं ना मुश्किल से मुश्किल घड़ी में जब कोई मार्ग नज़र न आए तो ईश्वर पर विश्वास रखकर, प्रार्थना करना ही आखिरी उपाय बचता है। हिरणी ने भी पूरे दिल से प्रार्थना करना शुरू कर दिया- 'आय एम डीयर ऑफ गॉड, नो इविल कैन टच मी, नो फीयर कैन टच मी'... मैं ईश्वर की प्रिय हूँ, कोई भी गलत शक्ति मुझे छू नहीं सकती।'

प्रार्थना में डूबी हुई हिरणी पूरे विश्वास से ईश्वर की प्रार्थना किए जा रही थी। उतने में एक जोरदार बिजली शिकारी के बाजू में गिरी। जिस वजह से वह डरकर वहीं गिर गया और उसके हाथ से तीर छूटकर, शेर को जा लगा। बिजली के डर से शिकारी वहाँ से भाग गया, तीर लगने के कारण शेर मर गया और जोरदार वर्षा होने लगी। अब हिरणी के चारों तरफ लगी आग भी बुझ गई।

अंततः हिरणी के विश्वास ने रंग लाया और प्रार्थना का फल आया। उसके चारों तरफ के खतरे मिट गए और उसने अपने बच्चे को जन्म दिया।

कहानी का तात्पर्य कहता है कि विश्वास रखने में कभी भी देरी नहीं होती। आज आपको घटनाएँ चाहे कितनी भी नकारात्मक क्यों न प्रतीत हो रही हों, उसमें यह सोचने के बजाय कि 'अब बहुत देर हो चुकी है, फलाँ-फलाँ बातें नहीं बदल सकतीं... यह विकट परिस्थिति ऐसे ही बनी रहेगी...' तुरंत अपना विश्वास जगाएँ और ईश्वर पर भरोसा रखें कि जो होता है, अच्छे के लिए होता है और आगे भी सब ठीक होगा। इसलिए भूतकाल की गलतियों पर न पछताएँ बल्कि आज उनके माध्यम से अपना विश्वास बढ़ाने के लिए कार्य करें। आपका वर्तमान का विश्वास

आपके भविष्य को अवश्य बदलेगा।

एक बार समुद्र तट पर रहनेवाले कुछ मछुआरे मछलियाँ पकड़ने हेतु समुंदर में दूर तक निकल गए। उसी समय बहुत बड़ा तूफान आया। तूफान के कारण मछुआरों की कश्ती अलग दिशा में चली गई और वे राह भटक गए।

उनके घरवाले चिंता में पड़ गए क्योंकि बहुत देर होने के बाद भी वे लौटे नहीं थे। यहाँ मछुआरे समझ नहीं पा रहे थे कि आखिर कौन सी दिशा में आगे बढ़ें। उन्हें लगने लगा कि शायद यह उनके जीवन का आखिरी दिन है।

कुछ समय तक वे समुंदर में चप्पू चलाते रहे मगर उन्हें किनारा नज़र नहीं आ रहा था। कुछ ही देर बाद उन्हें दूर कहीं आग जलती हुई दिखाई दी। जिसे देख उनके अंदर उम्मीद जगी और वे उस दिशा में चल पड़े। जैसे ही वे तट पर पहुँचे, सभी के घरवालों की आँखों में खुशी के आँसू आ गए। सिर्फ एक मछुआरे की पत्नी नाराज़ और मायूस दिख रही थी।

'बाकी लोग कितने खुश हैं, क्या मुझे ज़िंदा देखकर तुम्हें खुशी नहीं हुई? तुम इतनी उदास क्यों दिख रही हो?' मछुआरे के सवाल पूछने पर उसकी पत्नी बोली, 'आपको देखकर मैं खुश हूँ कि आप सुरक्षित पहुँच गए। मगर जैसे ही तूफान आया, अपनी झोपड़ी को आग लग गई और हमारी जीवनभर की मेहनत जलकर खाक हो गई। अपना सब कुछ खोने के गम से मुझे दुःख हो रहा है।' पत्नी की बात सुनते ही मछुआरे की आँखों में खुशी छा गई और उसने ईश्वर को हाथ जोड़ते हुए कहा, 'हे ईश्वर, मेरा घर जलाने के लिए धन्यवाद!' पति की ऐसी प्रतिक्रिया देखकर पत्नी हैरान थी। तब उसे समझाते हुए मछुआरे ने कहा, 'झोपड़ी का जलना कोई दुःखद घटना नहीं बल्कि ईश्वर की कृपा थी, परोसन थी। इस आग को देखकर ही तो हमें सही दिशा का ज्ञान हुआ और हम किनारे तक पहुँच सके वरना आज कई लोग अनाथ हो चुके होते।'

आज तक आपने कई बार यह पंक्ति सुनी होगी। हर धर्म, मज़हब और पंथ की सिखावनियों में कहा जाता है कि जो होता है, अच्छे के लिए होता है। किंतु इसे हम आज एक नए तरीके से विश्वास नियम के रूप में समझ रहे हैं, 'ईश्वर पर भरोसा, अपने आप बेहतर परोसा।'

कुदरत चाहती है कि इंसान अपने जीवन में सभी संभावनाओं को खोले।

जिसके लिए केवल सकारात्मक ही नहीं बल्कि नकारात्मक घटनाओं की भी भूमिका होती है। मगर अकसर इंसान अच्छी घटनाएँ होने पर आसानी से मान जाता है कि 'जो होता है, अच्छे के लिए होता है।' किंतु इसी नियम को वह नकारात्मक घटनाओं में लागू नहीं करता। बुरा होने के पीछे कुछ अच्छा छिपा है, यह बात उसके मन के तर्क में बैठती ही नहीं।

जबकि हर नकारात्मक घटना के दूसरे हिस्से में कुछ न कुछ सकारात्मक ज़रूर छिपा होता है। कई बार यह आपको उसी वक्त समझ में आता है तो कई बार कुछ समय पश्चात। जैसे एक इंसान का ऐक्सीडेन्ट हो गया और वह पूछे, 'यह घटना कैसे अच्छे के लिए हुई है?' तो इसका क्या जवाब होगा? आइए, इसे समझते हैं।

दरअसल विपरीत घटनाओं में इंसान अच्छाई इसलिए भी नहीं देख पाता क्योंकि उसके मन में अच्छे की एक परिभाषा होती है। उसे लगता है, सब कुछ उसके मन मुताबिक हो रहा है तो ही ईश्वर उसके अच्छे के लिए कर रहा है और यदि उसके विरुद्ध हो रहा है तो ईश्वर गलत कर रहा है। जैसे एक बच्चे को लगता है कि चॉकलेट मिलना अच्छा और न मिलना बुरा। जबकि आप जानते हैं अधिक चॉकलेट खाना बच्चे के स्वास्थ्य के लिए हानिकारक है। ऐसे में यदि माता-पिता उसे चॉकलेट खाने से रोकते हैं तो वे गलत नहीं कर रहे हैं।

इसी तरह यदि इंसान 'ऐक्सीडेन्ट होने' को बुरा मानने के बजाय ईश्वर पर भरोसा रखकर मनन करे तो उसके सामने कई पहलू उजागर हो सकते हैं। जैसे- वह कई दिनों से आराम करने की सोच रहा था मगर ज़्यादा काम की वजह से कर नहीं पा रहा था और अब ऐक्सीडेन्ट की वजह से उसे आराम करने का मौका मिला... या उसके ऑफिस में एक मीटिंग थी, जिसमें वह सहभाग नहीं होना चाहता था... या ऐक्सीडेन्ट के बहाने उसे घरवालों के साथ समय बिताने का मौका मिला इत्यादि। मनन से ही पता चलेगा कि ईश्वर कभी गलती नहीं करता, उस ऐक्सीडेन्ट में कुछ अच्छाई छिपी थी, चाहे वह सूक्ष्म रूप में ही थी।

मछुआरों के उदाहरण द्वारा भी यही बात सामने आती है। जब मछुआरे ने मंज़िल पर पहुँचने का रहस्य बताया तब उसकी पत्नी को एहसास हुआ कि अब तक उसने घटना का केवल एक हिस्सा ही देखा था। घर का जलना यह तो उस घटना का पहला हिस्सा था, जिससे कई लोगों को जीवनदान मिला, यह उसी घटना का दूसरा हिस्सा था, जो पत्नी के लिए उस वक्त अदृश्य में था।

इससे समझें कि जब भी ऐसी घटना हो, जहाँ आपका विश्वास हिल रहा हो, वहाँ खुद को याद दिलाएँ कि 'दूसरा हिस्सा अभी मेरे सामने नहीं आया है इसलिए मैं इस घटना में खुश रहूँगा।' क्योंकि घटना का सकारात्मक परिणाम आने के बाद तो हर कोई खुश हो सकता है मगर घटना से गुज़रते वक्त भी पूर्ण विश्वास रखकर खुश रहना एक कला है।

'ईश्वर पर भरोसा, अपने आप बेहतर परोसा', इस विश्वास नियम को अधिक गहराई से समझने के लिए आइए, एक ऐसे उदाहरण पर नज़र डालते हैं, जो हमारे रोज़मर्रा के जीवन का हिस्सा है।

एक इंसान ट्रैफिक में फँसा हुआ था और बहुत परेशान हो रहा था। ट्रैफिक में वह सभी को कोसने लगा, 'लोग समझते ही नहीं कि किस लेन में ड्राइविंग करनी चाहिए... कैसे भी गाड़ी चलाते हैं... कहीं से भी घुस आते हैं... कहीं भी पार्क कर देते हैं...।' इसी तरह तिलमिलाते हुए वह जैसे-तैसे ट्रैफिक से निकला और उसे घर पहुँचने में देर हो गई। जब वह घर पहुँचा तो देखता क्या है कि जेब में चाभी नहीं है।

इससे पहले कि वह और परेशान हो, उसने देखा कि सामने से उसकी पत्नी आ रही है, जो अभी-अभी ऑफिस की बस से उतरी थी। पत्नी के पास जो चाभी थी, उससे उन्होंने ताला खोला। अंदर आते ही उसकी नज़र अपनी चाभी पर पड़ी, जो सामने की दीवार पर टंगी हुई थी। वह अपनी चाभी घर पर ही भूल गया था। जब वह शांति से बैठा तब उसकी आँखों के सामने पूरा दृश्य घूम गया। उसने सोचा कि थोड़ी देर पहले वह ख्वामख्वाह ही परेशान हुआ। वह जल्दी घर पहुँच भी जाता तो भी कोई फायदा न था। चाभी न होने की वजह से उसे बाहर ही रुकना पड़ता। यदि उसे विश्वास होता कि 'जो होता है अच्छे के लिए होता है' तो ट्रैफिक में फँसने के बावजूद वह खुश रह पाता। अज्ञान के कारण घटना के एक पहलू को देखकर वह दुःखी हुआ। जबकि घटना का दूसरा पहलू, जो कि अदृश्य में था, उसके लिए खुशी का ही कारण बना।

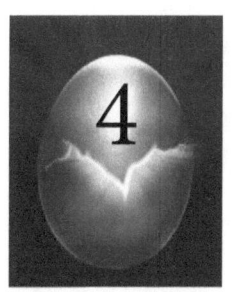

विश्वास नियम चौथा

अपने मुख से जो वर्णन करोगे,
वह वजूद में आएगा

जब आप किसी की सच्चाई पर
अविश्वास दिखाकर
उसे दोष देते हैं या कड़वी बातें
सुनाते हैं तब ध्यान रखें कि
आप अप्रत्यक्ष रूप से ईश्वर को
दोष दे रहे हैं
क्योंकि आपकी तरह वह भी ईश्वर
द्वारा बनाया गया है।
इसलिए अपना विश्वास बढ़ाएँ;
अविश्वास और दोष देना त्याग दें।

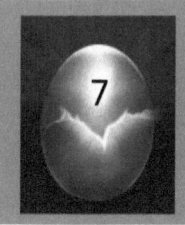

अपने मुख से जो वर्णन करोगे, वह वजूद में आएगा

इंसान के जीवन में वाणी और शब्दों का बहुत महत्त्व है। उसके द्वारा उच्चारे गए शब्द विश्वास के वाहन एवं उसकी वाणी वाहक है। यानी वह दिनभर जो वाणी दोहराता है, उससे यह पता चलता है कि उसका विश्वास कैसा है।

अकसर इंसान बेहोशी में नकारात्मक विचारों का विस्तार से वर्णन करता है। जिसे घातक वाणी कहा गया है। यह ऐसी वाणी है, जिससे वह जाने-अनजाने में स्वयं का नुकसान (घात) कर बैठता है। जैसे कुछ लोगों को अपनी परेशानियों, बीमारियों, समस्याओं का वर्णन करने की आदत होती है। सुबह देर से उठने की समस्या, ऑफिस में बॉस और घर में सास द्वारा दिए गए काम की परेशानी, रिश्तों की अनबन, नौकरानी के बारे में शिकायतें, शरीर की दिक्कतें... ऐसी अनगिनत बातों का जिक्र वे सभी से करते रहते हैं। उन्हें पता ही नहीं होता कि बार-बार अपने दुःखड़े का विस्तार से

वर्णन करने की वजह से वे ही बातें उनके वजूद (हकीकत) में आ रही हैं। परिणाम स्वरूप इंसान लड़ाई-झगड़े, वाद-विवाद, तर्क-कुतर्क के जंजाल में फँस जाता है।

किंतु यदि वह ईश्वरीय विचारों को पहचानकर उसे वाणी में ला पाए तो उसका जीवन बेहतरीन बन सकता है। क्योंकि चौथा विश्वास नियम कहता है, **'अपने मुख से जो वर्णन करोगे, वह वजूद में आएगा।'** इसका मतलब जब इंसान ईश्वरीय विचारों को विश्वास के साथ दोहराएगा तब वह जीवन में उसे होते हुए देखेगा। इसे ही विश्वास वाणी कहा गया है।

जब भी ईश्वर का जिक्र किया जाता है तब मन में विभिन्न विचार आते हैं। आँखों के सामने ईश्वर के कई चित्र आ जाते हैं। किंतु यहाँ ईश्वर का अर्थ किसी धर्म से संबंधित नहीं है। यहाँ ईश्वर का तात्पर्य सेल्फ, चेतना, चैतन्य, स्वअनुभव, स्रोत, सोर्स से है। सरल शब्दों में हम इसे प्रकृति, ब्रह्मांड या ऐसा कोई भी नाम दे सकते हैं, जिसे आप विश्व की परम शक्ति मानते हैं।

इंसान की ज़ुबान में अवर्णनीय ताकत है। जो इस बात से वाकिफ हैं, वे घातक वाणी के बजाए खुद को शांत रखते हैं। हृदयस्थान* पर जाकर ईश्वरीय विचारों को वाणी में लाकर, उसका वर्णन करते हैं और सकारात्मक परिणाम पाते हैं।

जब इंसान ईश्वरीय वाणी दोहराता है तब उन शब्दों में शक्ति आ जाती है और वे दवा का कार्य करने लगते हैं, ज़ुबान की ताकत बन जाते हैं।

पुराने शास्त्र भी इस बात के सबूत देते हैं कि इंसान जो बोलता है वह हकीकत का रूप लेता है, वजूद में आता है। यही वजह थी कि तब किसी ने श्राप दिया तो वह सच हो जाता था और वरदान दिया तो वह भी फलित होता था। लेकिन आज नकारात्मक शब्दों का वर्णन करने से इंसान की वही ताकत उसकी कमजोरी बन गई है। उसे विश्वास ही नहीं रहा कि सकारात्मक वर्णन से केवल उसके जीवन में ही नहीं बल्कि विश्व में भी परिवर्तन आ सकता है।

ईश्वरीय विचारों की पहचान कैसे पाएँ

इंसान के मन-मस्तिष्क में हर पल कई विचार आते-जाते रहते हैं। जिनमें कुछ विचार स्वतः ही जन्म लेते हैं तो कुछ आस-पास हो रही घटनाओं को देखकर

**हृदयस्थान, वह स्थान है जहाँ से ईश्वरीय विचारों का उगम होता है। हमारे शारीरिक हृदय से इसका कोई संबंध नहीं है।*

आते हैं। इनमें कुछ नकारात्मक होते हैं तो कुछ सकारात्मक।

वहीं कुछ विचार इंसान की सुरक्षा एवं मार्गदर्शन हेतु दिए जाते हैं, जिन्हें सहज बोध के विचार (Intuition) कहते हैं। किंतु इन सभी विचारों में कुछ ऐसे विचार भी होते हैं, जो इंसान के हृदयस्थान से आते हैं तथा उसकी उन्नति और विश्वास को बढ़ाने के लिए दिए जाते हैं, जिन्हें ईश्वरीय विचार (Divine Thoughts) कहा जाता है।

सोचकर देखें, क्या ईश्वरीय विचार कभी सीमित, नकारात्मक या निराशाजनक हो सकते हैं? क्या उनमें नफरत, क्रोध, लोभ या दुःख हो सकता है?' नहीं न! वे विचार तो अनंत, असीम और विश्वास से लबालब भरे हुए ही होंगे।

अब सवाल यह आता है कि 'ईश्वरीय विचारों को पहचानें कैसे?' जिसके लिए दो मुख्य बातों को समझना होगा। पहला- ईश्वर के गुण क्या हैं और दूसरा- आपकी भावना क्या है।

पहले कदम पर यह समझें कि ईश्वर ने इस सृष्टि की रचना की है। सृष्टि के हर सजीव-निर्जीव, में ईश्वर का अंश है। इंसान भी ईश्वर का ही अंश है। इसलिए जो ईश्वर संग सत्य है, वही इंसान के साथ भी सत्य है। उसके अंदर भी ईश्वर के गुण मौजूद हैं। ईश्वर के कई गुणों में से मुख्य गुण हैं- प्रेम, आनंद और शांति (मौन)... यही ईश्वर का स्वभाव है। चूँकि इंसान ईश्वर का अंश है इसलिए यह इंसान का भी स्वभाव है।

जब आप अपने मूल स्वभाव को, अपने गुणों को याद करेंगे तब ईश्वरीय विचारों को पहचानना आपके लिए बहुत ही आसान हो जाएगा। ईश्वरीय विचार ईश्वर के गुणों के अनुसार ही होते हैं। मगर इंसान इस बात से अनजान होता है। इसीलिए विपरीत परिस्थितियों में उसके मन में बदला लेने का, किसी का अहित करने का विचार आता है। यहाँ तक कि कुछ लोगों को किसी को जान से मार डालने तक का विचार आ जाता है। कई बार वह दुविधा में फँस जाता है। जैसे उसका एक मन कहता है कि 'अपने दुश्मन को मज़ा चखाओ... उससे बदला लो...।' वहीं दूसरा मन कहता है, 'रहने दो... जाने दो... इसका कोई फायदा नहीं...।' इन दोनों में से ईश्वरीय विचार वे हैं, जो ईश्वर के गुणों से तालमेल रखते हैं, जो कभी भी किसी का अहित नहीं सोचते।

सर्व प्रथम इंसान को अपने भीतर इन गुणों की खोज करनी होगी कि हृदय-तल के किस हिस्से में ये गुण छिपे बैठे हैं। अच्छे गुणों की खोज की प्रक्रिया में बुरे गुण भी इंसान से टकराते हैं क्योंकि वे भी तो उसके भीतर ही मौजूद होते हैं। ऐसे में उसे बुरे गुणों को अनदेखा कर, अच्छे गुणों पर फोकस करना चाहिए। जीवन में होनेवाली किसी भी नकारात्मक घटना में प्रेम, आनंद, शांति जैसे गुणों का स्मरण करना चाहिए क्योंकि ये ही वे गुण हैं, जो इंसान को विपरीत घटनाओं से उबरकर, सँभलने में सहायक सिद्ध होते हैं।

ईश्वरीय विचार को पहचानने के दूसरे तरीके में आपको अपनी भावना पर ध्यान देना होगा। क्योंकि ईश्वरीय विचार के साथ आपको एक विशेष फीलिंग भी आती है, जिसे 'गट फीलिंग' (दृढ़ता की भावना) कहा जाता है। यानी आपके अंदर उस विचार के साथ एक ज़ोरदार फीलिंग आती है। आपको बिलकुल पक्का होता है कि 'यस! ऐसा ही है'। तब उसे पहचानकर आपको तुरंत उस विचार पर अमल करना चाहिए। वरना मन सैकड़ों अन्य निरर्थक विचार लाकर उलझा सकता है। आइए, इन सवालों के ज़रिए गट फीलिंग को समझते हैं।

क्या आपके साथ कभी ऐसा हुआ है कि आपको अंदर से एक प्रबल विचार आया, 'आज ऑफिस कार से नहीं, स्कूटर से जाते हैं...।' फिर आप स्कूटर लेकर गए और रास्ते में देखा कि किसी कारण से ट्रैफिक जाम है, जहाँ से कार का निकलना नामुमकीन है। तब आप अपने निर्णय पर खुश होते हैं।

क्या कभी आपके साथ ऐसा हुआ है कि आपको जोरदार विचार आया, 'फलाँ पुस्तक पढ़ें...।' फिर आपने वह पुस्तक खरीदकर, पढ़ी और उसमें आपको अपनी समस्या का समाधान मिल गया।

यही है गट फीलिंग, जिन पर सीधे अमल किया गया और परिणाम लाभदायक ही रहा।

कभी-कभी इंसान के साथ कुछ विपरीत भी होता है। जैसे -

किसी दिन उसे विचार आता है कि 'गाड़ी में पेट्रोल कम लग रहा है, भरवा लेता हूँ...' मगर दूसरा विचार आता है कि 'आज नहीं भरवाते, एक दिन तो चल ही जाएगा... कल भरवा लेता हूँ' और वह बिना पेट्रोल भरवाए घर आ जाता है। फिर शाम को पता चलता है कि पेट्रोल पंपवालों ने अचानक हड़ताल कर दी है। तब वह

सोचता है, 'काश! पहले विचार पर अमल किया होता!'

कभी-कभी ऐसा भी होता है कि किसी ने गलत जगह पर गाड़ी पार्कींग की और ट्रैफिक पुलिस उस पर चिल्ला रहा है। तब उसे अंदर से ज़ोरदार विचार आता है कि 'इस घटना में क्रोध न करते हुए शांत रहना ज़्यादा अच्छा है।' मगर सामनेवाले के हाव-भाव देखकर वह उल्टा प्रतिसाद दे बैठता है और आवेश में आकर बात को बिगाड़ देता है। परिणामस्वरूप उस पर पुलिस चौकी जाने की नौबत आ जाती है।

इन घटनाओं से जाहिर होता है कि हृदय से कोई प्रबल विचार आता है लेकिन इंसान उस पर ध्यान न देकर, विपरीत प्रतिसाद दे बैठता है। जिससे बाद में उसे पछतावा होता है। ये तुलना, तोलना करनेवाले तोलू मन के विचार हैं, जो ईश्वरीय विचारों को काटते हैं।

जैसे ही आप तोलू मन और ईश्वरीय विचारों में फर्क समझ जाएँगे, वैसे ही व्यर्थ विचारों से बाहर आकर, ईश्वरीय विचारों को वाणी दे पाएँगे।

हो सकता है, ईश्वरीय विचारों (गट फीलिंग) को पहचानने में, शुरुआत में थोड़ा समय लगे मगर एक बार इन विचारों के साथ आपका तालमेल बैठ जाए तो जीवन बहुत सरल और सहज हो जाएगा। फिर जितना आप इन विचारों को सुनने लगेंगे, उनके लिए ग्रहणशील (ट्यून) होते जाएँगे, उतना आपको अंदर से मार्गदर्शन मिलने लगेगा।

इनके अतिरिक्त जब भी आपको नकारात्मक विचार सताए तब स्वयं को याद दिलाएँ कि 'इस समय मुझे ईश्वरीय विचार लाने हैं।' इसके लिए खुद से सवाल पूछें, 'क्या ईश्वर यह विचार देगा कि मैं लाचार हूँ?' नहीं! बल्कि वह विचार देगा कि यह जो लाचारी दिख रही है, कुछ बड़ा निर्माण करने के लिए आई है। यह तुम्हें अपनी ताकत खोलने के लिए दी गई है।' इससे आपको तुरंत फीलिंग आएगी, 'हाँ, यहाँ लाचार होने का नहीं, कुछ नया करने का मौका है।'

ईश्वरीय विचारों का वर्णन कैसे करें

ईश्वरीय विचारों की पहचान होने के बाद, इन विचारों को वाणी देने के लिए एक शब्द आपको बहुत मदद करेगा- **'ताकि'**। जैसे ही ईश्वरीय या सकारात्मक विचार आए तो उसके साथ 'ताकि' शब्द जोड़कर, उसके आगे 'ऐसा क्यों होना चाहिए' वह कारण जोड़ें। जैसे-

१. 'मुझे अच्छी तनख्वाहवाली नौकरी चाहिए **ताकि** मैं समृद्धिभरा जीवन जी पाऊँ... **ताकि** मैं अपने परिवार की अच्छी परवरिश कर पाऊँ... **ताकि** अपने बच्चों को अच्छे स्कूल में पढ़ा पाऊँ... **ताकि** मैं अच्छे कार्यों के लिए दान-धर्म कर पाऊँ।'

२. 'मुझे पर्यावरण अनुकूल जीवन जीना है **ताकि** मैं पर्यावरण के संतुलन को सही बनाए रखने में निमित्त बन पाऊँ... **ताकि** आनेवाली पीढ़ी को भी अच्छे पर्यावरण का लाभ मिले... **ताकि** सभी को शुद्ध-स्वच्छ हवा, पानी, भोजन मिले।'

३. 'मुझे सतत् खुश रहना है **ताकि** मेरे आस-पास हमेशा खुशनुमा माहौल बना रहे... **ताकि** मेरा और मेरे आस-पास के लोगों का मानसिक स्वास्थ्य बना रहे... **ताकि** काम बेहतरीन ढंग से पूर्ण हो... **ताकि** औरों को भी हमेशा खुश रहने की प्रेरणा मिले।'

इन उदाहरणों की सहायता से आप भी 'ताकि' शब्द जोड़कर ईश्वरीय विचार का इतना वर्णन करें कि आप जो चाहते हैं, वह वजूद में आ जाए।

'ताकि' शब्द के प्रयोग से नकारात्मक विचार को भी विश्वासवाणी में परिवर्तित किया जा सकता है। जैसे यदि विचार आए, 'मैं दुर्घटनाएँ नहीं देखना चाहता' तो यह अच्छी बात है। इससे आप भले ही कुदरत को बताना चाहते हैं कि आप दुर्घटनाओं को नहीं देखना चाहते लेकिन यह कहने से 'दुर्घटना' इस शब्द पर ही ध्यान जाता है, उसे ही वाणी दी जाती है इसलिए यह घातकवाणी बन जाती है। जब आप उसके साथ 'ताकि' शब्द जोड़कर उसे सकारात्मक बनाते हैं तब वह विश्वासवाणी बन जाती है। जैसे, 'मैं दुर्घटनाएँ नहीं देखना चाहता **ताकि** मैं अपनी यात्रा सहजता, सरलता से कर पाऊँ... **ताकि** मैं सभी को स्वस्थ देख पाऊँ...।'

इस प्रकार चौथे विश्वास नियम द्वारा आप फिर से अपने शब्दों की ताकत पा सकते हैं। जिससे न केवल आप अपना जीवन बेहतर बना सकते हैं बल्कि पूरे विश्व के लिए उच्चतम विकास का कारण बन सकते हैं।

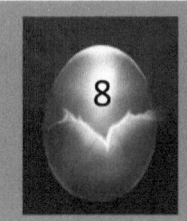

विश्वासवाणी से दवा बनाएँ

'डे बाय डे इन एवरी वे, आय एम गेटिंग बेटर, ऐण्ड बेटर', Day by day in every way, I am getting better and better यह मशहूर पंक्ति 'एमली कोय' नामक प्रसिद्ध फ्रेंच सायकोलॉजिस्ट की है। जिन्होंने आत्मसूचनाओं (ऑटो-सजेशन) द्वारा कई मरीज़ों को स्वस्थ किया था।

इस तकनीक की विशेष बात यह है कि जब हम अपने आपको तेज़ गति से सकारात्मक आत्मसूचनाएँ देते हैं तब हमारा बाह्यमन बीच में दखलअंदाज़ी नहीं कर पाता और वह आत्मसूचना सीधे हमारे अंतर्मन तक पहुँचती है। अंतर्मन में पहुँची सूचना विश्वासवाणी बनती है, जो जीवन में अपना असर दिखाती है।

इस तकनीक को अफरमेशन तकनीक भी कहते हैं। इससे एमली कोय एक ही सेशन में अपने पेशंट्स को ठीक किया करते थे। मानो, जब कोई पेशंट कहता, 'मुझे हाथ में

दर्द है, मेरी बाँह ऊपर तक नहीं जाती' तब वे उसे कहते, 'इतनी बाँह ऊपर गई है, अब आप अपने मन में लगातार यह दोहराओ, इट इज गोइंग अप... मेरी बाँह ऊपर जा रही है... बोलते जाओ, बोलते जाओ, बोलते जाओ। कुछ देर के बाद इट्स गॉन कहकर आपको हाथ ऊपर करना है बस!' और वाकई उस पेशंट की बाँह ऊपर उठ जाती। उसे देख, वहाँ बैठे बाकी पेशंटस् का भी विश्वास बढ़ जाता कि 'अगर यह ठीक हो सकता है तो मैं भी ठीक हो सकता हूँ।'

आत्मसूचनाओं की यह असरदार तकनीक बुद्धि को अतार्किक लग सकती है। बुद्धि सोचेगी यदि ऐसा होता तो लोगों के जीवन में इतनी कठिनाई क्यों है? वह इसलिए क्योंकि लोगों को जो सामने दिख रहा है, वही सही लगता है। यदि एक बीमार से कहेंगे कि 'तुम स्वस्थ हो, यह बीमारी झूठ है' तो वह नहीं मानेगा क्योंकि वह वर्तमान में बीमारी को ही अनुभव कर रहा है। इसलिए वह अंतर्मन तक बार-बार ऐसे ही विचार पहुँचाएगा, 'मैं बीमार हूँ... मुझे पीड़ा हो रही है... न जाने मेरी बीमारी कब दूर होगी!'

वाकई कोई अपनी बीमारी से बाहर आना चाहता है तो वह इस तकनीक का इस्तेमाल करके देखे। इस तकनीक में विश्वास बहुत ज़रूरी फैक्टर है। यदि आत्मसूचनाओं के दौरान मन बीच-बीच में आकर कहे कि 'ये सब बकवास है, ऐसा भी कभी होता है भला!' तो निश्चित ही यह तकनीक असर नहीं करेगी। मगर जब इंसान किसी दूसरे के जीवन में इसका असर देखता है तो उसका विश्वास बढ़ता है और फिर वह भी इस प्रयोग की शुरुआत करता है। जैसे-जैसे वह इसका प्रयोग करना शुरू करता है, उसे जीवन में इसका असर दिखने लगता है। तब उसकी वाणी पक्के विश्वास में तबदील होकर विश्वासवाणी बन जाती है।

यदि एक बार इंसान वाणी से यह दवा बनाना सीख जाए तो वह खुद के विकास का रचयिता बन सकता है। फिर चाहे वह निजी विकास हो, पारिवारिक विकास हो, आर्थिक परिस्थिति में सुधार हो या आध्यात्मिक उन्नति हो। इस जादुई दवा से इंसान के लिए कुछ भी करना असंभव नहीं रह जाता। आइए, समझते हैं यह दवा कैसे बनती है।

लॉजिकल पंक्ति कहती है- दवा मुँह से लेनी है मगर विश्वास की दवा मुँह से बनानी है यानी हम जो मुँह से कहेंगे, वह दवा है। इस दवा का नाम है विश्वास वाणी।

कुछ आत्मसूचनाएँ होती हैं, जो विचारों के रूप में अंदर ही अंदर बोली जाती हैं मगर विश्वासवाणी बाहर प्रत्यक्ष बोली जाती है। जब आप सकारात्मक विचारों को वाणी देकर उसे दोहराते हैं तो वे दवा का रूप बन जाते हैं।

इस तकनीक में खास बात यह है कि जब सकारात्मक शब्दों को तेज़ी (स्पीड) से दोहराया जाता है तब आपके अंदर चलनेवाले नकारात्मक विचारों पर रोक लग जाती है और आप अच्छी भावना से भर जाते हैं।

जैसे आपने एमली कोय के उदाहरण से जाना, वैसे ही अपनी किसी स्वास्थ्य समस्या के दौरान बाहर की दवाई लेने के साथ-साथ खुद भी दवा बनाना सीखें। इस तरह के वाक्यों को बार-बार तेज़ी से दोहराएँ- 'मैं स्वस्थ हो रहा हूँ... मैं तंदुरुस्ती के पक्ष में हूँ... मैं चुस्ती के पक्ष में हूँ... मेरा स्वास्थ्य मेरे हाथ... मैं स्वास्थ्य का साथी हूँ... स्वस्थ रहना मेरा जन्मसिद्ध अधिकार है... मैं स्वास्थ्य हूँ।'

जब आप पूरे विश्वास के साथ, दिल से साफ-साफ वाणी में बार-बार... कई बार... लगातार अपना पक्ष कुदरत को बताते हैं तो वह बात हकीकत में बदलने लगती है। इससे न सिर्फ आपको स्वास्थ्य मिलता है बल्कि आपकी इम्युनिटी (रोगप्रतिरोधक क्षमता) भी बढ़ती है।

इस तकनीक के प्रयोग के दौरान हो सकता है, बाहरी मन बार-बार कहे, 'अभी कुछ फायदा नहीं दिख रहा है... यह ठीक नहीं हो रहा है... वह ठीक नहीं हो रहा है...' तब भी आपको इस दवा का निरंतरता से सेवन करना है। जैसे बाहर की दवा लेते हैं, वैसे ही यह भी कम से कम सुबह एक बार, दोपहर में एक बार, रात में एक बार लेनी है। यदि बीमारी या समस्या बड़ी है तो डोज़ बढ़ाया भी जा सकता है।

फिर सवाल उठता है कि यह दवा कब तक बनानी है? जब तक शरीर और मन स्वस्थ नहीं हो जाता, जीवन की समस्याएँ खत्म नहीं हो जातीं तब तक इसे बनाना है। इस दवा से आप जीवन में जो भी चाहते हैं, उसे पा सकते हैं। इसके लिए आँखें बंद करके अपनी आवश्यकतानुसार सकारात्मक वाक्य जोर से दोहराएँ ताकि यह आपके अंतर्मन तक पहुँचकर हकीकत में बदल जाए।

नीचे कुछ उदाहरण दिए गए हैं, जिन्हें आप दोहरा सकते हैं या इस तरह के वाक्य स्वयं बना सकते हैं-

स्वास्थ्य के लिए-

* दिन-ब-दिन मेरा शरीर हर तरीके से स्वस्थ होता जा रहा है।
* मैं ईश्वर की दौलत हूँ इसलिए कोई बीमारी मुझे छू नहीं सकती।
* मैं उस गलत विचार या मान्यता से आज़ाद हूँ, जिस कारण स्वास्थ्य मुझसे रूठा था।
* मेरा शरीर विश्वसनीय और स्वस्थ शरीरों में गिना जाता है। इसकी हर कोशिका में दिव्य ऊर्जा का प्रवाह होता है।

रिश्तों के लिए-

* मैं स्वयं से और सभी से प्रेम करता हूँ, सभी मुझसे प्रेम करते हैं।
* मैं स्वयं को और सभी को क्षमा करता हूँ, सभी मुझे क्षमा करते हैं।
* मैं स्वयं को और सभी को स्वीकार करता हूँ, सभी मुझे स्वीकार करते हैं।
* मेरे जीवन में अच्छे और सच्चे लोग आ रहे हैं।

प्रोफेशनल लाइफ के लिए-

* मैं पूर्ण हूँ, पूर्ण से मेरा हर काम समय पर और सहजता से पूर्ण होता है।
* समय के साथ मेरा सही तालमेल है। मैं हर जगह समय पर पहुँचता हूँ।
* मैं सकारात्मक ऊर्जा से भरपूर हूँ और हर काम करने में सक्षम हूँ।
* ईश्वर मेरे शरीर द्वारा अपने गुणों की उच्चतम अभिव्यक्ति करना चाहता है, कर रहा है, करता रहेगा।
* मैं समृद्धि के साथ-साथ संतुष्टि से लबालब भरा हूँ। प्रकृति में सबके लिए सब कुछ भरपूर है, मैं धन का सदुपयोग कर रहा हूँ।
* जब जिस चीज़ की ज़रूरत होती है, वह मुझे मिल ही जाती है।'

आध्यात्मिक विकास के लिए-

* मैं ईश्वर का अंश हूँ इसलिए जो ईश्वर संग सत्य है, वही मेरे संग सच है।
* सबमें ईश्वर है, सब मेरा ही विस्तार है। मैं असीम हूँ और अहंकार से मुक्त हूँ।
* मैं शुद्ध हूँ, मैं बुद्ध हूँ।
* मेरे जीवन में प्रेम, आनंद, पैसा, स्वास्थ्य, साहस, समय, रचनात्मकता सब कुछ भरपूर है।

ऐसी आत्मसूचनाओं को दोहराते ही आपके अंदर की ब्लॉकेजेस (रुकावटें) खुलने लगेंगी, नकारात्मकता पिघलने लगेगी। आप देखेंगे कि समस्या अब समस्या नहीं रही बल्कि आपका विश्वास बढ़ाने में मददगार साबित हुई, आपके लिए विकास की सीढ़ी बनी।

स्वास्थ्य, संपत्ति, अच्छी आदतें, अच्छे और सच्चे लोग, सर्वश्रेष्ठ गुण, मन की शांति और आध्यात्मिक उन्नति जैसी सभी बेहतरीन चीज़ें आपके जीवन में आने के लिए तैयार हैं। बस! चौथे नियम के अनुसार आप अपनी विश्वासवाणी को दोहराएँ और उसे वजूद में आते हुए देखें।

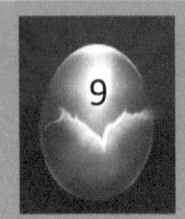

विश्वासवाणी का ऐलान

विश्वस्तपुरी नामक उपनगर में एक बड़े ही शातिर चोर ने उत्पात मचा रखा था। कई दिनों से पुलिस उसकी तलाश में थी। एक दिन पुलिस से भागते हुए वह चोर एक पुजारी के घर में दाखिल हुआ।

वह पुजारी एक सच्चा भक्त था। उसका ईश्वर पर अटूट विश्वास था कि 'ईश्वर ने हर इंसान को अच्छा ही बनाया है, बस परिस्थिति उसे गलत कार्य करने पर मज़बूर करती है।' चूँकि पुजारी गाँव के मंदिर में आए हर यात्री के रहने की व्यवस्था अपने घर में करता था इसलिए उसने उस चोर का भी मेहमान की तरह स्वागत किया।

पुलिस से बचने के लिए चोर कुछ दिनों तक पुजारी के घर में ही रहा। इस बीच वह मंदिर के कामों में पुजारी का हाथ बँटाने लगा। मंदिर के माहौल में रहने और पुजारी के

प्रेमभरे व्यवहार से चोर का हृदय परिवर्तन होने लगा, जिससे वह खुद भी अनजान था। मंदिर में आए भक्तों के साथ मिलकर, कई बार उसने पुजारी से पौराणिक कहानियाँ सुनीं... कई बार भक्तों के सवाल तथा पुजारी के जवाब भी सुने। इस तरह उसके दिन बीतते गए।

अब चोर के जाने का समय आ गया। जाते वक्त उसे मंदिर में रखा हुआ सोने का दीया दिखाई दिया। जिसे देख उसकी नीयत फिर फिसल गई और आदतवश उसने वह दीया चुरा लिया। लेकिन थोड़ी दूर जाते ही उपनगर के पुलिस ने उसे शक के दायरे में पकड़ लिया। चोर की तलाशी लेने पर उसके पास सोने का दीया मिला। जाँच-पड़ताल के बाद, सबूत हासिल करने के लिए पुलिस उस चोर को लेकर पुजारी के घर पहुँची और उनसे पूछताछ करने लगी।

घटनाक्रम को समझते हुए पुजारी ने बड़े ही शांत स्वर में कहा, 'हाँ, यह दीया मेरे ही मंदिर का है लेकिन जिसे आपने चोर समझकर पकड़ा है, वह मेरा मेहमान है। यह दीया मैंने ही इसे भेंटस्वरूप दिया था। मुझे लगता है आपको कुछ गलतफहमी हुई है... कृपया इसे छोड़ दें।' चोर के खिलाफ कोई सबूत न पाकर पुलिस को उसे मज़बूरन छोड़ना पड़ा। चोर पुलिस के चंगुल से तो छूट गया मगर इस आश्चर्य से नहीं छूट पा रहा था कि पुजारी ने उस जैसे चोर को बचाने के लिए पुलिस से झूठ क्यों कहा।

पुलिस के जाने के बाद चोर ने यही सवाल पुजारी के समक्ष रखा तब पुजारी ने मुस्कुराते हुए कहा, 'तुम्हारे लिए यह झूठ होगा मगर मेरे लिए सच है क्योंकि मुझे विश्वास है कि यह तुम्हारी आखिरी चोरी थी।'

पुजारी के मुँह से ये शब्द सुनकर चोर स्तब्ध रह गया। अपने कानों पर विश्वास कर पाना उसे मुश्किल लग रहा था, साथ ही आश्चर्य भी हो रहा था कि 'एक चोर पर कोई इतना विश्वास कैसे कर सकता है?'

चोर जब वहाँ से निकला तब पुजारी की विश्वास भरी वाणी उसके कानों में गूँज रही थी और वह सोचता रहा कि 'अगर किसी ने मुझ पर इतना विश्वास रखा है तो क्या मैं इसके काबिल हूँ? क्या सच में यह मेरी आखिरी चोरी है?' वह कई दिनों तक सोचता रहा। अंत में उसका ज़मीर जागा और पुजारी के विश्वास की जीत हुई।

यह पुजारी का विश्वास था कि कोई इंसान बुरा नहीं होता, परिस्थिति उसे

बुरा बनाती है। पुजारी चोर के लिए ऐसी परिस्थिति निर्माण करना चाहता था ताकि उसका ज़मीर जाग सके और वह गलत काम छोड़ दे। इसलिए उसने विश्वास वाणी से कहा कि **'यह उसकी आखिरी चोरी है।'**

पुजारी की वाणी से निकली विश्वास की शक्ति कुछ इस कदर काम कर गई कि चोर की वह चोरी वाकई आखिरी चोरी बन गई। चोर के भीतर छिपे अच्छे इंसान पर पुजारी विश्वास कर पाया इसलिए वह अदृश्य रूप वास्तव में प्रकट हो पाया, चोर अब चोर नहीं रहा...।

अगर पुजारी चोर को पुलिस के हवाले कर देता तो उसे जेल हो जाती और जेल से छूटने के बाद वह फिर से चोरी करने लगता। इससे उसे चोरी करने की बुरी आदत से कभी छुटकारा नहीं मिलता। मगर पुजारी की विश्वासयुक्त वाणी ने चोर को नई ज़िंदगी दी और उसके स्वभाव में परिवर्तन लाकर, उसे ईमानदारी का जीवन दिया।

इस कहानी की सीख पर मनन कर, देखें कि आप अपने जीवन में विश्वासवाणी की शक्ति का उपयोग कैसे करेंगे? अलग-अलग घटनाओं में आप कौन सी विश्वासवाणी दोहराएँगे? जैसे 'चोरी के साथ विश्वास' जोड़ने से वह उसकी आखिरी चोरी बन गई, वैसे ही आपकी वृत्तियों के साथ विश्वास जोड़ने से क्या वे आखिरी बन सकती हैं? पुजारी की तरह क्या आपके जीवन में कोई ऐसा इंसान है, जो आपके भीतर केवल अच्छाई के दर्शन करता है, जैसे आपके माता-पिता, कोई प्रेरणा देनेवाला मित्र या गुरु? जिनके विश्वास की खातिर आप यह ऐलान कर सकें कि 'रिश्तों में अहंकार की वजह से आज मुझे जो दुःख हुआ है, वह मेरा आखिरी दुःख है... प्रमोशन न मिलने की वजह से मुझे जो बेचैनी है, उसका आज आखिरी दिन है... फलाँ बीमारी (गलती) अब फिर से नहीं होगी... भविष्य की असुरक्षितता के डर का आज आखिरी दिन है... यह मेरा आखिरी गलत प्रतिसाद है...।' यदि ऐसा कोई किरदार न भी हो तो विश्वास की महिमा जानते हुए, अपने विकारों से मुक्ति पाने हेतु आप भी ऐसा ही कोई दमदार ऐलान कर सकते हैं।

इसी तरह कभी आपको किसी कारणवश कपट करना पड़े और आप कपट करना नहीं चाहते तो विश्वासवाणी दोहराकर यह पक्का कर लें कि आप कपटमुक्त जीवन ही जीना चाहते हैं। विश्वास के साथ कुदरत को बताएँ कि 'यह मेरा आखिरी कपट है, इसके बाद मुझसे कपट नहीं होगा।' यदि आप किसी व्यसन का शिकार हो

चुके हैं और उससे मुक्त होना चाहते हैं तो इसके साथ भी आप विश्वास की शक्ति को उपयोग में ला सकते हैं।

यह कार्य कुछ कठिन लग सकता है और ऐलान करने में हिचकिचाहट भी हो सकती है कि वृत्तियों ने पुनः सिर उठाया तो वचन टूट जाएगा। इसलिए अपनी आदतों, वृत्तियों, व्यसनों के दुष्परिणामों पर गहराई से मनन कर लें। अपने जीवन के लक्ष्य को हमेशा स्मरण में रखें। पृथ्वी पर आने के मकसद को पूरा करने के लिए यदि वाकई में आप अपनी वृत्तियों से छुटकारा पाना चाहते हैं तो स्वयं पर, ईश्वर पर, अपने आदर्श पर या अपने गुरु पर विश्वास रखें। फिर मुक्त होने से आपको कोई नहीं रोक सकता... आपका तुलना, तोलना करनेवाला, कलाबाजियाँ खानेवाला तोलू मन भी नहीं!

ये बातें पढ़कर कोई मरीज़ सोच सकता है कि 'यह मेरी आखिरी बीमारी कैसे हो सकती है, मैं कहाँ स्वस्थ हो रहा हूँ... शरीर में यहाँ दर्द है, वहाँ पीड़ा है... मौसम में हो रहे बदलाव के कारण तकलीफ बढ़ ही रही है...' आदि।

फिर भी अच्छे परिणाम पाने के लिए आपको विश्वास रखकर सकारात्मक ऐलान करना होगा। डॉक्टर के अलावा, खुद को और दूसरों को यह कहना होगा कि 'मैं ठीक हो रहा हूँ... तंदुरुस्त हो रहा हूँ।' आपको लग सकता है कि ऐसा कहना झूठ होगा मगर एक बार ऐलान करके देखें... एक प्रयोग करके देखें ताकि आप जो चाहते हैं वह आपके वजूद में आ जाए। वरना मन यह शंका ला सकता है कि 'केवल विश्वासवाणी दोहराने से झूठ, सच में कैसे परिवर्तित हो सकता है?' तब समझ जाएँ कि यह मन का नाटक है। मन बड़ा सभ्य, सुशील बनने का अभिनय कर, सच-झूठ का खेल खेल रहा है। दिनभर झूठ बोलते वक्त उसे सच और झूठ का विचार नहीं आता किंतु जब परेशानियों से मुक्ति पाने की बात आती है तब वह सच और झूठ का विचार करने लगता है।

ऐसे में मन पर अविश्वास करते हुए, ईश्वरीय वाणी पर विश्वास रखें। तब ही उसका चमत्कार आप अपने जीवन में देख पाएँगे।

विश्वास नियम पाँचवाँ

विश्वासघात भ्रम है,
विश्वास योग्य कर्म है

निश्चिंत होने के लिए
विश्वास करें;
जो समस्या आप सुलझाना
चाहते हैं,
कुदरत उसे सुलझाने में
आपसे भी पहले लगी हुई है।
इसलिए चिंता करने के
बजाय कुदरत को धन्यवाद दें।

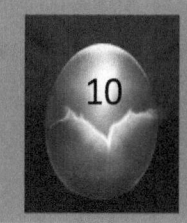

विश्वासघात भ्रम है, विश्वास योग्य कर्म है

एक दिन, एक इंसान घने जंगल में शिकार करते-करते रास्ता भटक गया। जब तक कि उसे इस बात का एहसास हो, बहुत देर हो चुकी थी। अंधेरा घना होने लगा था और हिंसक पशुओं की आवाज़ें सुनाई देने लगी थीं। अब वह बहुत घबरा गया। उसके दिल की धड़कन तेज़ हो गई। डर के मारे उसके पैर लड़खड़ाने लगे। तभी उसे आभास हुआ कि हो न हो उसके पीछे कोई है। पीछे मुड़कर देखा तो क्या कुछ दूरी पर जंगल का राजा स्वयं खड़ा था। जान बचाने के लिए वह तीव्र गति से दौड़कर एक पेड़ पर चढ़ गया और कुछ देर के लिए ही सही, उसने चैन की साँस ली। तभी उसका ध्यान पेड़ की उस टहनी पर गया, जिसे उसने पकड़ रखा था। दरअसल वह टहनी नहीं बल्कि उस पेड़ पर बैठे भालू का पैर था।

जी हाँ! वह इंसान जिस पेड़ पर चढ़ा था, वहाँ पर पहले से ही एक भालू बैठा था। अब तो मारे डर के उस

इंसान के हाथ-पैर काँपने लगे। नीचे भूखा शेर और ऊपर भालू... एक तरफ कुआँ तो दूसरी तरफ खाई...! करे तो क्या करे! उसकी आँखों के आगे अँधेरा छा गया। उसे लगा अब मौत के मुँह से उसे कोई नहीं बचा सकता। उसकी मृत्यु अटल है।

उसी समय भालू ने उससे कहा, 'डरो मत, तुमने मेरे पैरों को स्पर्श किया है। अब तुम मेरी शरण में हो। विश्वास रखो, तुम यहाँ सुरक्षित हो। मैं तुम्हें शेर से बचाऊँगा।' भालू की बातें सुनकर इंसान की आँखों से कृतज्ञता के आँसू बहने लगे। भालू और इंसान का संवाद सुनकर नीचे खड़े शेर ने क्रोधित होकर कहा, 'मैं कहीं भी जानेवाला नहीं हूँ, यहीं रुककर तुम्हारा इंतज़ार करूँगा। मैं भी देखता हूँ आखिर तुम दोनों कितना सब्र रख पाते हो।'

कई घंटे बीत जाने के बाद भी शेर उसी पेड़ के नीचे खड़ा रहा। जैसे-जैसे रात गहरी होती गई, वैसे-वैसे उस इंसान को नींद आने लगी। भालू भी धीरे-धीरे नींद की गिरफ्त में आने लगा। नीचे शेर भूख के कारण व्याकुल हो रहा था। उसने भालू से कहा, 'आखिर तुम कब तक इस इंसान की रक्षा करोगे? तुम उसे ऊपर से ढकेल दो। हम दोनों मिलकर इसे आधा-आधा खा लेंगे।'

यह सुन इंसान और डर गया, उसे लगा कि भालू शेर का प्रस्ताव मान लेगा। इस बात की कल्पना से ही उसके पेट में मरोड़ें पड़ने लगीं। मगर भालू ने शेर को दृढ़ता से जवाब दिया, 'यह इंसान मेरी शरण में आया है। मुझ पर विश्वास रखकर यह निश्ंचित बैठा है। मैं इसके साथ विश्वासघात नहीं कर सकता।

भालू की बातें सुनकर शेर नाराज़ हो गया मगर इंसान ने राहत की साँस ली। अब राह देखने के अलावा शेर के पास कोई चारा न था। कुछ देर बाद भालू एक टहनी पर सो गया मगर इंसान डर के कारण सो नहीं पा रहा था। जैसे ही शेर ने देखा कि भालू सो गया है, वैसे ही उसने इंसान को अपनी बातों में फँसाना शुरू किया, 'देखो! मुझे तो केवल मेरे भोजन से मतलब है। अगर तुम्हें सही-सलामत घर पहुँचना है तो तुम सिर्फ भालू को नीचे ढकेल दो। उसे खाकर मेरा पेट भर जाएगा और मैं यहाँ से चला जाऊँगा। क्या तुम अपनी जान नहीं बचाना चाहते?'

शेर की बातें सुनकर, ज़िंदा रहने की उम्मीद में इंसान पर लालच और स्वार्थ हावी हो गए। उसके अंदर भालू के प्रति अविश्वास पनपने लगा कि 'पता नहीं, भालू मुझे कैसे और कितनी देर तक शेर से बचा पाएगा... यह शेर वापस जाएगा भी या नहीं... मैं घर लौट पाऊँगा भी या नहीं...? इस वक्त भालू नींद में है। अगर मैंने

उसे धक्का दे दिया तो उसे पता भी नहीं चलेगा और मैं ज़िंदा बच जाऊँगा। खुद को बचाने का अब यही एक रास्ता है।' इस सोच के साथ इंसान ने शेर का प्रस्ताव मान लिया और भालू को नीचे ढकेल दिया।

भालू गहरी नींद में था। गिरते वक्त उसका एक हाथ पेड़ की टहनियों में अटक गया और वह नीचे गिरने से बच गया। वह समझ गया कि जिस इंसान को उसने बचाया, उसी ने उसके साथ विश्वासघात किया। फिर भी वह रातभर पेड़ पर शांत बैठा रहा मगर इंसान के मन में विचारों की भीड़ उमड़ने लगी, 'अब मेरी खैर नहीं... भालू मुझे कतई ज़िंदा नहीं छोड़ेगा... मुझसे बहुत बड़ी भूल हो गई...।'

सुबह-सुबह शेर को नज़दीक ही एक हिरन दिखाई दिया। भूखे शेर ने एक लंबी छलाँग लगाकर, हिरन को अपना शिकार बना लिया और वहाँ से चलता बना।

'कृपया, मुझे माफ कर दो... मैं बहुत शर्मिंदा हूँ... मैंने आप पर अविश्वास दिखाया और आपके साथ विश्वासघात किया... इसके लिए आप जो सज़ा देंगे मुझे मंजूर है...।' भालू से क्षमा माँगते हुए इंसान हाथ जोड़कर गिड़गिड़ाने लगा, 'मुझे अपने किए पर पछतावा हो रहा है... मैं वाकई पश्चाताप करना चाहता हूँ... कृपया मुझ पर रहम करो!'

'मैं तुम्हें क्षमा करता हूँ, तुम मेरी तरफ से बेफिक्र रहो।' भालू के मुँह से निकले शब्द इंसान के लिए मरहम का कार्य कर गए। भालू ने तो उसे माफ कर दिया लेकिन वह अपराधबोध की भावना से ग्रस्त हो गया। फिर उसने भालू से प्रार्थना की कि 'कृपया मुझे अपराधबोध से मुक्त होने का उपाय बताएँ वरना मैं अपने आपको ज़िंदगीभर माफ नहीं कर पाऊँगा।'

भालू ने इंसान को आश्वस्त किया और दो सलाहें दीं। पहली- 'अगर कोई तुम्हारा विश्वासघात करे तो सबसे पहले हमारे बीच घटी इस घटना को याद करना। स्वयं से कहना, *भले ही फलाँ इंसान ने मेरे साथ विश्वासघात किया है मगर मैं विश्वास रखने का योग्य कर्म ही करूँगा। विश्वास ही मेरी असली पहचान है।*'

दूसरी सलाह- 'यदि किसी ने तुम्हारे साथ विश्वासघात किया तो तुम उसे यह घटना ज़रूर बताना और उससे कहना कि अगर कोई उसके साथ विश्वासघात करे तो वह भी उसे यही कहानी सुनाए। क्योंकि आज हमारे समाज में विश्वासघात एक रोग की तरह फैलता जा रहा है। मगर विश्वास का विस्तार तभी होगा, जब लोग यह

कहानी सुनकर अविश्वास से मुक्त हो जाएँगे।'

'आपकी सलाह के लिए बहुत-बहुत धन्यवाद! मैं अवश्य इन्हें याद रखूँगा और ज़रूरत पड़ने पर आपकी बताई हुई सलाह अनुसार ही बरताव करूँगा। अब मैं अपराधबोध से पूर्ण रूप से मुक्त होकर जा रहा हूँ।' वह इंसान अपने जीवन की सबसे बड़ी सीख प्राप्त करके वहाँ से लौटा।

कुदरत पर अटल विश्वास का ही परिणाम था कि गहरी नींद में धक्का खाने के बावजूद भी भालू नीचे नहीं गिरा। कुदरत ने पेड़ की टहनियों में अटकाकर उसे बचा लिया। यही है सहज विश्वास का परिणाम! आपने एक कहावत सुनी होगी- 'जा को राखे साँइयाँ, मार सके ना कोय!' यानी जिसका कुदरत (ईश्वर) पर दृढ़ विश्वास है, उसका कोई बाल भी बाँका नहीं कर सकता।

यह कहानी सिर्फ उस इंसान को ही सीख नहीं देती है बल्कि इसमें पूरी मानव जाति के लिए एक गहरा संदेश छिपा है। यह कहानी है विश्वासघात पर मात करने की... यह कहानी है विश्वास रखकर योग्य कर्म करने की...! याद रखें, आपके विश्वास का घात हो ही नहीं सकता, बशर्ते वह अटूट हो। तो क्या आप विश्वासघात पर मात करने के लिए तैयार हैं? अगर आपका जवाब 'हाँ' है तो पाँचवाँ विश्वास नियम याद रखें, **'विश्वासघात भ्रम है और विश्वास योग्य कर्म है।'**

आपने कई बार लोगों को ऐसा कहते हुए देखा होगा या हो सकता है यह आपके मुँह से भी कभी न कभी निकला होगा, 'फलाँ इंसान पर मैंने इतना भरोसा किया... उसे अपना समझा... मगर उसी ने मेरी पीठ में खंजर घोंप दिया... उसने मेरे साथ विश्वासघात किया।' ऐसे समय पर इस विश्वास नियम का उपयोग करें और समझ रखें कि उसने जो किया वह उसका विश्वास था। मगर आप उसे गाली देकर अपने विश्वास का घात न होने दें।

दरअसल विश्वास जब कुनकुना होता है तब इंसान विशेष लोगों या स्थिति पर विश्वास करता है। लेकिन जैसे-जैसे उसका विश्वास बढ़ता है, वह ईश्वर पर विश्वास रखने को महत्त्व देता है। उसकी समझ बढ़ती है कि सब ईश्वर ही दे रहा है, लोग और घटनाएँ तो मात्र चैनल्स् (माध्यम) हैं। मगर जब इंसान चैनल को ही स्त्रोत मान लेता है तब उसे विश्वासघात महसूस होता है। परिणामस्वरूप, वह उसी चैनल से पाने की उम्मीद करता है। ऐसे में यदि चैनल से उसे प्राप्त न हो तो उसका विश्वास टूट जाता है।

उदाहरण के लिए यदि किसी का भाई, जो पहले उसकी मदद करता था, अब मदद करना बंद कर दे तो वह कहता है, 'मेरे भाई ने मुझे धोखा दिया है।' या एक पिता ने अपनी संपत्ति का हिस्सा अपने बेटे को नहीं दिया तो बेटा पिता से नाराज़ हो जाता है, उसका पिता पर से विश्वास उठ जाता है।

इन उदाहरणों से समझें कि जब हम अपने आस-पास के चैनलों से अपेक्षा करते हैं तो हम अज्ञानतावश विश्वासघात और दुःख की स्थितियों को आमंत्रित करते हैं।

इसे ऐसे समझें जब हमें पानी की आवश्यकता होती है तो हम उसे नल से लेते हैं। मगर क्या नल के पास पानी देने की क्षमता है? नहीं। नल केवल पानी की टंकी से जल पहुँचाने के लिए एक चैनल है। हमारे घर में कई नल (चैनल) हैं जिनके माध्यम से पानी प्राप्त होता है लेकिन वे सभी पानी की टंकी से जुड़े होते हैं। ऐसे में यदि आप ज़िद करें कि आपको केवल एक विशेष नल से ही पानी चाहिए तब आप बहुत थोड़े में खुश हो रहे हैं।

यदि आप पानी की टंकी से सीधे पानी लेते हैं तो आपको जितना चाहिए उससे अधिक मिलेगा। साथ ही आप किसी विशेष चैनल से अपेक्षा करना छोड़ देते हैं। परिणामस्वरूप, आपको पता चलता है कि ऐसे कई अन्य चैनल्स हैं, जिनके माध्यम से स्रोत आप तक कोई चीज़ पहुँचा सकता है। स्रोत में सब कुछ भरपूर है। अतः चैनलों के बजाय स्रोत से अपेक्षा की जाए।

क्या इसका मतलब यह है कि हमें कभी किसी पर भरोसा नहीं करना चाहिए? नहीं! इसका मतलब यह है कि केवल लोगों पर भरोसा करने से ज़्यादा महत्वपूर्ण है, उस अदृश्य शक्ति पर भरोसा करें, जिससे दुनिया की सारी क्रियाएँ स्वतः ही चल रही हैं।

भालू के मसले पर सोचें। भालू ने शिकारी से ज्यादा प्रकृति पर भरोसा किया। हालाँकि शिकारी ने उसे धोखा दिया मगर प्रकृति ने उसकी रक्षा की। इस घटना के बाद भी भालू ने शिकारी पर कोई संदेह नहीं जताया बल्कि विश्वास योग्य कर्म किया।

'विश्वास' विश्व की सर्वोच्च शक्ति है, जिसका कभी घात (नष्ट) नहीं हो सकता। इसलिए 'विश्वासघात' यह संज्ञा ही अपने आपमें एक भ्रम है। मानो, किसी कमरे में प्रकाश का अभाव होने से आप कहते हैं, 'यहाँ तो अंधेरा है।' जबकि

अंधेरा नाम की कोई चीज़ अस्तित्व नहीं रखती। प्रकाश का अभाव यानी अंधेरा। वैसे ही 'विश्वासघात' अपना अलग अस्तित्व नहीं रखता। विश्वासघात यानी जहाँ विश्वास का अभाव है।

आपके साथ कभी ऐसी घटना हो, जिसे आम तौर पर लोग 'विश्वासघात' कहते हैं तो स्वयं को याद दिलाएँ, 'मैं सामनेवाले इंसान का बरताव देखकर अपने विश्वास का घात नहीं करूँगा क्योंकि मुझे स्वयं पर विश्वास है... कुदरत पर विश्वास है... कुदरती नियमों पर विश्वास है... ईश्वर (गुरु) पर विश्वास है... मुझे विश्वास पर विश्वास है।'

इंसान की सोच बहुत सीमित होती है। वह कुदरत की लीला को समझ ही नहीं पाता। कहानी में आपने देखा कि सुबह होते ही शेर को हिरन के रूप में अपना भोजन मिल गया। किंतु बीच के समय में इंसान ने शेर की बातों में आकर गलत कदम उठा लिया। कमज़ोर विश्वास के कारण वह अपने डर और अविश्वास पर मात नहीं कर पाया। सचमुच! अज्ञान और बेहोशी इंसान से ऐसे कर्म करवाते हैं, जो उसके अविश्वास को बढ़ावा देते हैं। इसलिए आप अपने जीवन में ठान लें कि 'मैं विश्वासघात को नहीं बल्कि दृढ़ विश्वास को प्राथमिकता दूँगा क्योंकि मैं विश्वास की शक्ति पहचान गया हूँ।'

इस तरह विश्वास की दौलत को सँभालकर रखें और विश्वासघात पर मात करने के लिए विश्वास रखने योग्य कर्म करें। साथ ही कुदरत की पटरी पर अपने जीवन की गाड़ी को सदा विश्वास की दिशा में चलाएँ। उलटी दिशा पकड़ेंगे तो मंज़िल दूर होती चली जाएगी। अपनी गाड़ी को सही दिशा में रखने के लिए स्वयं से पूछें –

* मेरा विश्वास पहले कितना था, आज कितना और आगे कितना हो सकता है?
* कौन सी घटनाओं में मेरा विश्वास कमजोर पड़ने लगता है, ऐसे समय पर विश्वास की डोर को कैसे पकड़कर रखूँ?
* मेरा विश्वास ऐसी ऊँचाई तक कैसे पहुँचे, जहाँ अविश्वास अपना फन न उठा सके?

इन जैसे सवालों पर मनन कर, आपको अपने विश्वास की गहराई पता चलेगी तथा आप उसे बढ़ाने के लिए सही कदम उठा सकेंगे।

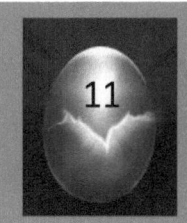

घटनाएँ विश्वास का आईना हैं

जीवन की घटनाएँ विश्वास की परख करवाने आती हैं। घटनाओं से ही पता चलता है कि आप विश्वासघात पर मात कर पाए हैं या नहीं... आपसे विश्वास योग्य कर्म हो रहे हैं या विश्वास के विपरीत कर्म हो रहे हैं... आपका विश्वास अंतर्मन तक पहुँचा है या सतही तौर पर ही है... विश्वास सिर्फ कहने के लिए है या उस पर कार्य भी हुआ है...!

एक गाँव का लड़का जब रस्सी पर चलने की कला में पारंगत हो गया तो वह जगह-जगह अपनी कला का प्रदर्शन करने लगा। चुनौतियाँ बढ़ाने के लिए रस्सी की ऊँचाई बढ़ाने लगा। वह जब भी ऐसा करता, अपने विश्वसनीय मित्र से पहले पूछता, 'तुम्हें क्या लगता है, मैं इसमें सफल हो पाऊँगा?' मित्र को उसकी कला पर पूरा विश्वास था। इसलिए वह हमेशा कहता, 'ज़रूर, इसमें कोई शक ही नहीं है, यह तो तुम्हारे बाएँ हाथ का खेल है।' मित्र के विश्वास

पर विश्वास कर एक दिन उसने दो पहाड़ियों के बीच रस्सी बाँधकर चलने का निर्णय लिया। मित्र ने इस बार भी उसका समर्थन किया और वह सफल हुआ।

अगली बार लड़के ने कहा, 'अपने प्रदर्शन को अधिक रोमांचकारी बनाने के लिए इस बार मैंने सोचा है कि मैं किसी को अपने कंधे पर बिठाकर पहाड़ियों के बीच रस्सी पर चलने का प्रदर्शन करूँ। तुम क्या सोचते हो, मैं ऐसा कर पाऊँगा?'

मित्र ने इस बार भी हामी भरते हुए कहा, 'हाँ... हाँ क्यों नहीं, तुम कर सकते हो।' इस पर लड़का बोला, 'ठीक है! फिर कल सुबह अभ्यास के लिए आ जाना। मैं तुम्हें ही कंधे पर बिठाकर रस्सी पर चलूँगा।'

यह सुनकर मित्र घबरा गया और हकलाते हुए बोला, 'कौन मैं?' लड़के ने कहा, 'हाँ तुम, गाँव में किसी और को मुझ पर इतना विश्वास नहीं है, जितना तुम्हें है। इसलिए तुम ही मेरे कंधे पर बैठ सकते हो।' यह सुनते ही मित्र का विश्वास काफूर हो गया और वह उसी रात चुपचाप गाँव से भाग खड़ा हुआ।

देखा जाए तो यह घटना उस मित्र के लिए आईना बनी, जिसमें उसे अपना आंतरिक विश्वास परखने का मौका मिला। जब उसे कंधे पर बैठने के लिए कहा गया तब वह साफ मुकर गया। क्योंकि कहीं न कहीं उसके विश्वास में कमी थी, उसे डर था कि उसका मित्र कहीं उसे गिरा न दे। इससे साफ ज़ाहिर होता है कि उस मित्र का विश्वास केवल ऊपरी तौर पर था, जो उसकी प्रतिक्रिया से सामने आया।

इंसान का यही व्यवहार दर्शाता है कि उसका विश्वास सतही है या अंतर्मन तक पहुँचा है। सतही विश्वास, घटना के साथ समाप्त हो जाता है और अटूट विश्वास सदा बना रहता है, उससे जीवन में निखार आता है।

उदाहरण में दर्शाए गए मित्र की तरह कई बार इंसान भी घटनाओं में बाहर से तो सकारात्मक बातें बोलता है- 'हाँ मुझे फलाँ पर विश्वास है सब अच्छा ही होगा!' मगर उसके अंदर सूक्ष्म रूप से नकारात्मक विचार चल रहे होते हैं, कहीं कुछ डर पनप रहे होते हैं, जो उसके कच्चे विश्वास को दर्शाते हैं। परिणामस्वरूप उसके जीवन में नकारात्मक घटनाएँ होती हैं और उसका विश्वास कमजोर पड़ता जाता है।

ऐसे में यदि वह नकारात्मक घटना को आईना बनाता तो मनन कर पाता कि कहाँ पर उसका विश्वास कम पड़ा? कहाँ नकारात्मक विचार हावी हुए?

असल में ईश्वर इंसान की हर इच्छा पूरी करना चाहता है, उसे हर चीज़ देना

चाहता है, चाहे वह प्रेम हो, पैसा हो या सफलता। मगर इंसान इस बात से अनजान है क्योंकि ये सब अदृश्य में होता है इसलिए उससे विश्वास का योग्य कर्म नहीं हो पाता है।

जैसे आपको कोई बल्ब जलाना हो तो आप उस बल्ब के साथ जुड़ा बटन दबाते हैं, जिससे बल्ब जल उठता है। इसका अर्थ बल्ब और बटन में पहले से ही कनेक्शन था। बटन जब बंद होता है तो सर्किट अधूरा रहता है। बटन दबाते ही सर्किट पूर्ण हो जाता है और बल्ब प्रकाशित होता है।

इसी तरह जब आपके विश्वास की तार कुदरत (ईश्वर) से जुड़ती है यानी दोनों तरफ से विश्वास का सर्किट पूर्ण होता है तब होता है 'विश्वास का चमत्कार'। मगर जब इंसान के विश्वास में थोड़ा भी लूज कनेक्शन (संदेह) होता है तो सर्किट अपूर्ण रहता है। इसलिए जब भी आपको लगे कि आपके जीवन में कुछ नहीं हो रहा है... कोई परिणाम दिखाई नहीं दे रहा है तो घटना को आईना बनाकर, अपने विश्वास को चेक करें कि 'कही मेरा विश्वास हिल तो नहीं गया?'

एक महिला ने बाइबिल में विश्वास की ताकत के बारे में पढ़ा कि 'विश्वास से पहाड़ों को भी हिलाया जा सकता है। उसे आश्चर्य हुआ और उसने इस बात को आज़माना चाहा। उसके घर के पीछे ही पहाड़ थे तो उसने रात सोने से पूर्व प्रार्थना की, 'कल सुबह मेरे उठने से पहले ये पहाड़ यहाँ से हिल चुके होंगे।' मगर जब उसने सुबह उठकर चेक किया कि उसकी प्रार्थना का कुछ परिणाम आया भी या नहीं तो वह निराश हो गई क्योंकि पहाड़ अपनी जगह पर ही थे। तब उसने तुरंत अपनी प्रतिक्रिया व्यक्त की, 'मुझे लगा ही था, ऐसा ही होगा, यह कैसे संभव हो सकता है कि पहाड़ के पहाड़ हिल जाएँ!!'

यह कैसा विश्वास था! सिर्फ बोलने के लिए बोला जा रहा था, उसमें दृढ़ता नहीं थी।

उस महिला की तरह अगर आपके विश्वास में एक प्रतिशत भी संदेह है तो उसका परिणाम वह नहीं आएगा, जो आप चाहते हैं। इसलिए घटनाओं के ज़रिए मनन कर, अपने विश्वास को परखें और उसे बढ़ाने का योग्य कर्म करें।

संभावना है कि नकारात्मक घटनाओं में आपका मन अविश्वास पर ही टिके रहने की ज़िद करे और कारण दे कि 'मेरे साथ इतना बुरा हुआ है तो मैं अपना विश्वास कैसे बदलूँ? मुझे कैसे यकीन आए कि आगे मेरे साथ अच्छा ही होगा?'

तब समझें कि यही आपके विश्वास का इम्तहान है। अब आपको जान-बूझकर ईश्वर पर भरोसा रखकर आगे बढ़ना है।

एक बीमार इंसान अपने इलाज के लिए डॉक्टर के पास गया। डॉक्टर ने उससे कहा, 'तुम्हारी बीमारी एक इंजेक्शन से ठीक हो जाएगी।' यह सुनकर वह इंसान सहम गया क्योंकि उसे इंजेक्शन से बहुत डर लगता था। वह डॉक्टर से कहने लगा, 'मुझे पूरी तरह ठीक होना है मगर इंजेक्शन लगवाकर नहीं। मैं बिना इंजेक्शन के ठीक होना चाहता हूँ।' डॉक्टर ने उसे समझाने की कोशिश की, 'यह बीमारी एक इंजेक्शन से ठीक हो सकती है इसलिए तुम्हें उसे लगवाने का साहस जुटाना पड़ेगा।' फिर भी वह इंसान नहीं माना।

ठीक ऐसी ही हालत अविश्वास में उलझे हुए लोगों की है, जो विश्वास का इंजेक्शन लगवाने से डरते हैं। उन्हें लगता है उनका विश्वास बदले बिना घटनाएँ बदलनी चाहिए किंतु ऐसा नहीं होता। अगर आप जीवन में सफलता, उत्तम रिश्ते और समृद्ध जीवन की चाहत रखते हैं तो आपको अपने विश्वास पर कार्य करना ही होगा।

कुछ विद्यार्थी कम मार्क्स मिलने पर या फेल हो जाने पर आत्महत्या (शरीरहत्या) करने की सोचते हैं। बिज़नेस में असफलता, रिश्तों में अनबन, अकेलापन ऐसी कई घटनाओं में लोग स्वयं को नाकामयाब मानते हैं और गलत निर्णय ले बैठते हैं। उन्हें लगता है शरीरहत्या करने से उनकी सारी समस्याएँ सुलझ जाएँगी। किंतु वे कभी यह नहीं सोचते कि यह घटना उनके लिए आईना बन सकती थी ताकि वे अपने विश्वास को बढ़ाकर, फिर से कामयाबी की राह पर चल पाएँ।

याद रखें, जीवन में घटनाएँ तो आती-जाती रहेंगी मगर जिस तरह एक किसान अच्छी बारिश होने की आस लगाकर हर साल बीज बोता है, फिर चाहे पिछले साल अकाल ही क्यों न पड़ा हो, उसी तरह आपको भी नकारात्मक घटनाओं को आईना बनाकर, अपने विचारों पर कार्य करके सकारात्मक विश्वास रखने का योग्य कर्म निरंतरता से करते रहना चाहिए।

हमेशा सजग रहकर मन में तैयार होनेवाले गलत विश्वास को काटकर स्वयं से कहना होगा, 'मुझे ईश्वर पर पूर्ण विश्वास है कि उसने सबको अपनी तकदीर बदलने की शक्ति दी है।' यह कहते ही आप विश्वास से भर जाएँगे और भविष्य में सफलता का परिणाम पाने की संभावना बढ़ जाएगी।

विश्वास नियम छठवाँ

सौ प्रतिशत विश्वास और रूपांतरण
एक साथ घटित होते हैं

कुंडली में क्या लिखा है- यह
शिशु के जन्म के समय पर
निर्भर रहता है। लेकिन आपका
जीवन कैसा चले-
यह आपके विचारों और
विश्वास पर निर्भर करता है।
इसलिए कुंडली से ज़्यादा अपने
विश्वास पर विश्वास रखें।

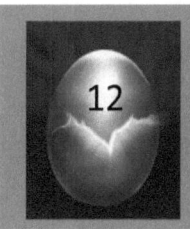

सौ प्रतिशत विश्वास और रूपांतरण एक साथ घटित होते हैं

'आज तक मेरे जीवन में बुरे लोग ही आए हैं तो मैं यह कैसे मान लूँ कि मेरा विश्वास बदलने से लोग बदल जाएँगे?' एक निराश, मायूस, परेशान इंसान पूरे विश्वास के साथ जब ऐसे वाक्य कहता है तब लगता है कि यही जीवन का सच है।

जबकि जीवन का सत्य इसके बिलकुल विपरीत है और वह यह है कि हर इंसान के अंदर विश्वास होता है। बस देखना यह है कि वह नकारात्मक बात के लिए है या सकारात्मक। क्योंकि जैसा इंसान का विश्वास होता है, वैसा ही उसके जीवन में प्रकट होता है।

यदि किसी के जीवन में बुरे लोग हैं तो यह भी उसके विश्वास का ही फल है। विश्वास से केवल सकारात्मक ही नहीं बल्कि नकारात्मक बातों को भी इंसान अपनी ओर आकर्षित करता है।

जब इंसान अपना विश्वास सकारात्मक में बदलकर यह कहेगा कि 'दुनिया में अच्छे लोग भी हैं' तब उसे जीवन में अच्छे लोग मिलने लगेंगे। जब उसका विश्वास और बढ़ेगा तब वह कहेगा, 'मेरे जीवन में अच्छे लोगों की भरमार है।' जब उसका यही विश्वास चरम सीमा पर पहुँच जाएगा तब उसके जीवन में रूपांतरण होगा और वह कहेगा, 'संसार में बुरे लोग हैं ही नहीं... हर इंसान अच्छा है क्योंकि हरेक को ईश्वर ने ही बनाया है।'

रूपांतरण यानी जहाँ इंसान की आंतरिक अवस्था पूर्ण रूप से बदल जाती है और उसके जीवन में अविश्वास के लिए कोई स्थान नहीं बचता। इसे ऐसे समझें जैसे कोई इंसान सीढ़ी से टैरेस की तरफ जा रहा हो तो वह एक-एक पायदान ऊपर चढ़ता है। वह पाँचवीं सीढ़ी पर हो या अंतिम सीढ़ी पर, होता सीढ़ी पर ही है। फिर जैसे ही वह टैरेस पर पहुँचता है तब होता है रूपांतरण। जहाँ उसे सीढ़ी की कोई आवश्यकता नहीं होती बल्कि वह खुले आसमान का आनंद लेता है।

इसी तरह जब इंसान विश्वास के एक-एक पायदान से आगे बढ़ता है तब उसके परिणामों को भी जीवन में महसूस कर पाता है। जिन्हें देखते-देखते उसका विश्वास बढ़ता जाता है। अंततः एक समय ऐसा आता है, जब उसका विश्वास चरम सीमा तक पहुँच जाता है तब उसका जीवन ही रूपांतरित हो जाता है। यही है छठवाँ विश्वास नियम, 'सौ प्रतिशत विश्वास और रूपांतरण एक साथ घटित होते हैं।' आइए, इस नियम की गहराई को समझते हैं।

जैसे पानी गरम करने के लिए रखा जाए तो उसका तापमान धीरे-धीरे बढ़ते जाता है। 99°C तापमान आने तक वह उबलते रहता है। लेकिन जैसे ही तापमान 100°C हो जाता है तब भाप तैयार होती है। इस प्रक्रिया में तापमान 100°C होना और भाप बनना, ये दोनों क्रियाएँ एक साथ होती हैं।

विश्वास और रूपांतरण भी ऐसा ही है। १००% विश्वास और रूपांतरण एक साथ प्रकट होता है। जैसे भाप बनने के लिए ९९% तापमान काम नहीं करता, वैसे ही किसी का विश्वास कमजोर है, १०० से १ प्रतिशत भी कम है तो सकारात्मक परिणाम आएँगे लेकिन रूपांतरण नहीं होगा। इसका अर्थ यह बिलकुल नहीं है कि ९९% तक का विश्वास व्यर्थ है। वह तो रूपांतरण की अवस्था तक पहुँचने के लिए आवश्यक पायदान है।

आइए, कुछ और उदाहरणों द्वारा इसकी सच्चाई परखते हैं :

१) जीज़स क्राईस्ट द्वारा ऐसे कई चमत्कार हुए हैं, जिनमें इस नियम का दर्शन होता है। एक बार वे एक अपाहिज इंसान से मिले, जो कई सालों तक बिस्तर पर लेटा हुआ था। उसने येशु के चमत्कारों के बारे में सुना था और उसका प्रभु येशु पर पूर्ण विश्वास था। इसलिए जब येशु ने उससे कहा कि 'तुम खड़े हो सकते हो... खड़े हो जाओ।' तब वह इंसान तुरंत उठकर खड़ा हो गया। यह रूपांतरण कैसे हुआ? जीज़स पर १००% विश्वास होने के कारण अपाहिज के मन में एक पल के लिए भी शंका नहीं आई और उसी क्षण उसकी अपाहिजता दूर हो गई।

२) एक इंसान ऊँची पहाड़ी पर स्थित मंदिर में जाना चाहता था। मगर किसी बीमारी के कारण उसका शरीर कमजोर हो चुका था। इसलिए वह मंदिर जाने में असमर्थ था। मगर उसे मंदिर के देवता पर विश्वास था, श्रद्धा थी। उसे लगता था कि एक बार मंदिर से होकर आने के बाद वह पूरी तरह से स्वस्थ हो जाएगा। १० सालों तक वह उस पहाड़ी के नीचे बसे गाँव में रहकर यही सोचता रहा कि 'उस मंदिर में जाने से मैं ठीक हो जाऊँगा।' एक दिन उसकी हालत देखकर किसी अजनबी को उस पर दया आई और वह उसे अपने कंधों पर उठाकर मंदिर ले गया। आश्चर्य की बात यह हुई कि मंदिर में जाने के बाद वह इंसान वाकई ठीक हो गया। हालाँकि १० सालों तक उसे अपने विश्वास का कोई परिणाम नज़र नहीं आया लेकिन १० सालों से उसके अंदर जो विश्वास पनप रहा था, वह पहाड़ी पर पहुँचते ही १००% पर पहुँच गया, जिससे यह रूपांतरण हुआ कि वह बिलकुल स्वस्थ हो गया।

विश्व में ऐसे कई चमत्कारिक उदाहरण मौजूद हैं, जिनमें विश्वास के सहारे रूपांतरण हुए हैं। हालाँकि सुनने में ऐसे चमत्कार झूठे लग सकते हैं लेकिन लोगों के विश्वास की शक्ति कार्य करती है।

आप भी यदि अपने जीवन में स्वास्थ्य, समृद्धि और बेहतरीन रिश्तों का चमत्कार देखना चाहते हैं तो अपने विश्वास को सौ प्रतिशत तक ले जाएँ।

कई बार चाहते हुए भी इंसान कुछ बाधाओं के कारण अपने विश्वास में बढ़ोत्तरी नहीं कर पाता। क्योंकि उसका विश्वास अभी भी दूसरों की राय और उनके अनुभवों पर निर्भर होता है। जैसे-जैसे वह विश्वास की सीढ़ियाँ चढ़ता है, इन

बाधाओं को दूर करने की कोशिश करता है।

जिसके लिए पहला कदम है बाधाओं को प्रकाश में लाना। उन पर मनन कर, उनकी निरर्थकता को समझना ताकि वे विलीन होने लगें। यहाँ मुख्य तीन बाधाओं पर प्रकाश डाला गया है।

१) **शंका और अविश्वास :**

विश्वास का सबसे बड़ा दुश्मन है- शंका। जहाँ शंका है वहाँ विश्वास नहीं और जहाँ विश्वास नहीं वहाँ प्रेम, आदर, सद्भावना नहीं।

अपने जीवन में टर्निंग पॉईंट लाने के लिए यह मनन होना चाहिए कि 'शक करना कितना जायज़ है? यह मुझे कब तक करते रहना है? कहीं यह शक मुझे खोखला तो नहीं कर रहा है? क्या मिल रहा है शक करके और यह छोड़ दिया तो क्या नुकसान होगा?'

इंसान को विश्वास के अभाव में नहीं बल्कि विश्वास के प्रभाव में जीवन जीने की आवश्यकता है। अदृश्य रूप में कुदरत ने उसे संभाला हुआ है, इस बात पर विश्वास रखकर, शंकाखोर मन से छुटकारा पाया जा सकता है। मगर इंसान शक करना छोड़ता नहीं है क्योंकि उसे लगता है, 'मेरे शक करने की वजह से यह संसार (मेरा जीवन) टिका हुआ है। मैंने शक करना छोड़ दिया तो सब मामला बिगड़ जाएगा।' जबकि उसे कभी अपनी सोच पर शंका नहीं आती।

जब तक इंसान का विश्वास दृढ़ नहीं होता तब तक वह शंकाओं को सच मानता रहेगा। उसकी सोच नकारात्मकता को बढ़ावा देती रहेगी। ऐसे में कोई कहे कि 'सामनेवाला सच बोल रहा है' तो शंकालू इंसान उसे शक की नज़रों से देखेगा। मगर कोई कहे, 'सामनेवाला झूठ बोल रहा है' तो बिना जाँच-पड़ताल के ही वह सच मान लेगा। यही फर्क बतलाता है कि शंकालू का विश्वास कितना अधपका है।

इंसान जब अपनी ही शंका पर सवाल उठाएगा तब छठवें विश्वास नियम के अनुसार संपूर्ण रूपांतरण की संभावना खुलेगी।

२) **डर और चिंता :**

विश्वास को पूर्ण प्रकट होने में दूसरी सबसे मुख्य बाधा है- डर और चिंता। स्कूल, कॉलेज या ऑफिस जाते हुए 'बस नहीं मिली तो क्या होगा?' से लेकर 'मेरे बगैर घरवालों का क्या होगा?' की चिंता इंसान को सताती रहती है। उसी तरह छोटे

से कॉकरोच से लेकर 'लोग क्या कहेंगे?' तक का डर इंसान अपने अंदर पालता है।

वास्तव में देखा जाए तो विश्वास की कमी के कारण लोग बेहतर जीवन जीने की उम्मीद खो देते हैं। 'कहीं कुछ अनहोनी न हो जाए' या 'मुझे कुछ तकलीफ न हो जाए', ऐसे चिंता और डरों की वजह से वे अपने जीवन में विश्वास को प्रकट होने का मौका ही नहीं देते और सुख, समृद्धि, आनंद से दूर हो जाते हैं।

ऐसे में उन्हें जीवन का गणित समझने की आवश्यकता है, जो इस प्रकार है : चिंता + डर = चिता। चिता से यदि बचना चाहते हैं तो चिंता और डर को माइनस (-) करें और यह संभव होगा विश्वास के साथ। जब भी आपको कोई डर सताए तब स्वयं से कहें-

'इस डर के बावजूद मैं अपने विश्वास के अनुसार आगे बढ़ सकता हूँ।
मुझे विश्वास पर विश्वास है इसलिए डरने की कोई आवश्यकता नहीं है।
जिस कारण से मैं डर रहा हूँ,
उसका सामना करने की पूरी क्षमता और शक्ति मुझमें है।
अब तक सँभालकर रखी हुई डर की भावना के लिए
मैं तहेदिल से ईश्वर से क्षमा चाहता हूँ।
अब मैं उत्साही, शांत और आनंदित मन से
अपने विश्वास के अनुसार ही कार्य करूँगा।'

३) आलस :

किसी दार्शनिक का कहना है- 'समझदार इंसान जिस काम को तत्काल करता है, मूर्ख उसे सबसे अंत में करता है। दोनों एक ही चीज़ करते हैं; बस समय का फर्क होता है।'

कई लोग केवल आलस की वजह से कार्य को कल पर टालकर आज का कीमती समय गँवा देते हैं। जिस कारण वे मनचाही सफलता प्राप्त नहीं कर पाते। साथ ही कुदरत और भाग्य को दोष देते हैं कि उनके जीवन में असफलता क्यों है। जिससे उनका विश्वास स्वयं से और कुदरत से उठने लगता है।

अतः आलस के चँगुल में फँसकर अपना विश्वास दाँव पर न लगाएँ। सुस्ती की वजह से कोई काम अधूरा छोड़ने के बजाय स्वयं से कहें, 'थोड़ा मगर आज।'

अर्थात अपना विश्वास बरकरार रखने के लिए उस कार्य का जितना हिस्सा आप उसी दिन पूरा कर सकते हैं, उतना ज़रूर करें। हालाँकि आपका मन कहेगा, 'यह काम आज नहीं करेंगे, इसे कल किया तो भी चलेगा' मगर इस तरह के आलस और बहानों में न उलझते हुए निरंतरता से कार्य ज़ारी रखें। विश्वास की शक्ति पहचानें। थकने से पहले थोड़ा आराम कर लें और सुस्ती जगने से पहले काम शुरू करें।

जब भी आपका मन शंका, अविश्वास, आलस्य आदि विकारों के चंगुल में फँसकर विश्वास को दाँव पर लगा रहा हो तो स्वयं को याद दिलाएँ कि 'मुझे अपने जीवन में सकारात्मक रूपांतरण देखना है और मुझे पूरा विश्वास है कि ये रूपांतरण हो सकता है।'

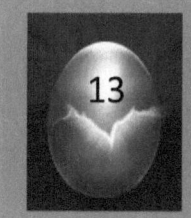

विश्वास ध्यान

एक बार समुंदर की एक बूँद को विचार आया कि 'मैं इतनी छोटी सी हूँ, मैं क्या कर सकती हूँ, मेरा तो कोई महत्त्व ही नहीं है, मुझमें कोई गुण भी नहीं है।' इन नकारात्मक विचारों के आते ही बूँद दुःखी हो गई। यह बात जाकर उसने समुंदर को बताई। समुंदर ने उसे समझाने का प्रयास किया कि 'तुम मेरा ही हिस्सा हो, तुममें वे सारे गुण मौजूद हैं, जो मुझमें हैं।' मगर उसे समुंदर की बातों पर विश्वास नहीं हुआ और वह निराश हो गई।

समुंदर ने सोचा कि बूँद को निराशा की स्थिति से उभारकर, उसका विश्वास बढ़ाना चाहिए। जिसके लिए सबूत की आवश्यकता थी। अतः समुंदर ने तय किया कि बूँद को परीक्षण के लिए भेजकर, सबूत दिया जाए कि वह उसी का हिस्सा है। समुंदर ने जब बूँद को यह बात बताई तो वह सबूत पाने की खातिर, परीक्षण के लिए तैयार हो गई।

अब बूँद को लैबोरटरी में भेजा गया। जाँच करने के बाद पाया गया कि उसमें भी वही तत्व और गुण मौजूद हैं, जो समुंदर के पानी में पाए जाते हैं।

यह जानकर बूँद का विश्वास खुलकर, १००% तक पहुँच गया और स्वयं को अलग मानकर उसने खुद पर जो सीमाएँ डालकर रखी थीं, वे टूट गईं। वह अब खुद को समुंदर का हिस्सा समझने लगी। इस तरह बूँद का रूपांतरण समुंदर में हो गया। इस काल्पनिक कहानी में एक वास्तविक राज़ है, जिसे आपको समझना है।

यहाँ बूँद इंसान का प्रतीक है और समुंदर कुदरत (परमात्मा) का। इंसान भी अपने आपको कुदरत से अलग मानकर, सीमित और संकुचित जीवन जीता है। वह भी अविश्वास के चलते अपने आपको कमज़ोर मानकर दुःखी, निराश और परेशान रहता है। जबकि ईश्वर इंसान को कमजोर नहीं समझता है। ईश्वर मनुष्य के बारे में यह विश्वास रखता है कि वह उसकी सबसे बेहतरीन कलाकृति है, उसका उच्चतम आविष्कार है। ईश्वर ने यह संपूर्ण संभावना खुली रखी है कि उसके जो उच्चतम गुण हैं, वे मनुष्य में भी आ सकते हैं- जैसे प्रेम, मौन, आनंद, रचनात्मकता, साहस, करुणा, शांति, दया, क्षमाशीलता आदि। जब ये गुण इंसान के अंदर प्रकट होंगे तो उसका जीवन पूर्णतः बदल जाएगा। ऐसा होने के लिए इंसान को पहले अपने अंदर के विश्वास को सौ प्रतिशत जगाना होगा।

यह विश्वास जगाने के लिए आपको नीचे दिया गया विश्वास ध्यान, परमश्रद्धा और भक्ति से करना होगा। हर क्षेत्र में आपको यह ध्यान बल देगा। इसे आप अपने मोबाइल या लैपटॉप में रिकॉर्ड भी कर सकते हैं ताकि आप एकग्रता से ध्यान कर पाएँ और वाक्यों को भूल जाने की संभावना भी न रहे। ध्यान में कुछ वाक्य आपको दिए जा रहे हैं। इनके अलावा आप अपने वाक्य भी जोड़ सकते हैं।

ध्यान में आँखें बंद करने से पहले नीचे दिए गए मुद्दों को क्रम अनुसार पढ़कर पहले समझ लें, फिर ध्यान में बैठें।

विश्वास ध्यान :

१. आँखें बंद करते हुए, अपनी चुनिंदा ध्यान मुद्रा में बैठें।

२. ध्यान की शुरुआत में स्वयं से कहें, 'मैं विश्वास ध्यान करने जा रहा हूँ। इस ध्यान से मेरा विश्वास बढ़नेवाला है और अविश्वास समाप्त होनेवाला है।'

३. दो-तीन लंबी साँसें लेकर धीरे से छोड़ें।

४. नीचे दिए गए वाक्य असीम विश्वास के साथ मन ही मन दोहराएँ।

- मैं विश्वास करता हूँ कि मैं असीमित हूँ, मैं ईश्वर का अंश हूँ
- मैं विश्वास करता हूँ कि मैं शुद्ध हूँ, बुद्ध हूँ, पवित्र हूँ।
- मैं विश्वास करता हूँ कि मैं प्रेम, आनंद और शांति से लबालब भरा हुआ हूँ।
- मैं विश्वास करता हूँ कि मैं हमेशा खुश रह सकता हूँ, खुशी बनकर जी सकता हूँ।
- मैं विश्वास करता हूँ कि मैं पूर्ण हूँ और पूर्ण से हर काम सही समय पर पूर्ण होता है।
- मैं विश्वास करता हूँ कि अहंकार के समर्पण में ही सच्चा आनंद है।
- मैं विश्वास करता हूँ कि हर समस्या विकास की सीढ़ी है।
- मैं विश्वास करता हूँ कि मेरे शरीर की हर कोशिका सही तरह से कार्य कर रही है।
- मैं विश्वास करता हूँ कि मैं स्वस्थ हूँ और संपूर्ण स्वास्थ्य मेरा जन्मसिद्ध अधिकार है।
- मैं विश्वास करता हूँ कि मेरा हर रिश्ता मधुर और प्रेमयुक्त है।
- मैं विश्वास करता हूँ कि दिन-ब-दिन मेरी काबिलीयत बढ़ रही है।
- मैं विश्वास करता हूँ कि मैं निडर हूँ, साहसी हूँ।
- मैं विश्वास करता हूँ कि मेरे पास प्रेम, आनंद, समय, पैसा, आत्मविश्वास सब कुछ भरपूर है।
- मैं विश्वास करता हूँ कि असली सत्य याद रखने में ही मेरा मंगल है, मेरी सच्ची खुशी है।
- मैं विश्वास करता हूँ कि मैं हमेशा मुक्त अवस्था में रह सकता हूँ।
- मैं विश्वास करता हूँ कि मेरे जीवन में जो हो रहा है, वह अच्छे के लिए हो रहा है।

५. कुछ क्षण उपरांत स्वयं में परिपूर्ण विश्वास महसूस करते हुए, धीरे-धीरे आँखें खोलें।

उपरोक्त विश्वास वाक्यों को अगर आपने रिकॉर्ड किया है तो खाली समय में, ट्रैवलिंग करते समय भी आप इन्हें सुन सकते हैं। इस ध्यान में आपको जो अनुभव और समझ मिली, जो विश्वास प्रकट हुआ और अविश्वास दूर हुआ, जो ताज़गी और आंतरिक शक्ति महसूस हुई, उस पर ज़रूर मनन करें। दूसरों के अंदर भी यह विश्वास प्रकट हो, इसके लिए निमित्त बनें।

विश्वास से रूपांतरण की इस यात्रा में, आप जल्द से जल्द मंज़िल तक पहुँचें, यही शुभेच्छा।

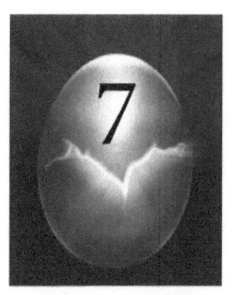

विश्वास नियम सातवाँ

विश्वास का अंतिम विकास है- तेजविश्वास

अपने भीतर का विश्वास
बदलें तो बाहर आनंद बरसेगा
क्योंकि अपने बारे में
आप जो अंदर सोचते हैं,
उसी का असर बाहर लोगों के
व्यवहार में आपको
दिखाई देगा।

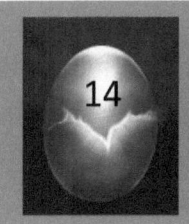

विश्वास का अंतिम विकास है- तेजविश्वास

पिंजरे का पंछी कितना भी आसमान को ताके लेकिन पिंजरे को छोड़, ऊँची उड़ान भरने का साहस नहीं कर पाता। वह सीमाओं को ही सत्य मान लेता है। जिस कारण उसका विश्वास कमजोर पड़ जाता है।

ठीक ऐसा ही आम इंसान के साथ होता है। वह अपने विचारों में इतनी सीमाएँ बाँध लेता है कि उसमें असीम विश्वास का प्रकटीकरण नहीं हो पाता। दिन-रात आसमान को मुट्ठी में कसने (सफलता पाने) का ख्वाब तो वह देखता है लेकिन उसे अपने आप पर विश्वास नहीं होता क्योंकि उसने स्वयं को पिंजरे में कैद पंछी की तरह सीमित मान लिया है।

अपने अंदर बसे अविश्वास को समाप्त कर, अपने विश्वास का विकास करने के लिए आपको सातवें विश्वास

नियम की ओर बढ़ना होगा जो है– **विश्वास का अंतिम विकास है– तेजविश्वास।**

कुदरत न केवल आपका बल्कि पृथ्वी के हर जीव का विकास कर रही है। इसे समझने के लिए बीसवीं और इक्कीसवीं सदी की तुलना करें तो आप देखेंगे कि टेक्नोलॉजी से लेकर वैज्ञानिक खोज तक, मशीनों की दुनिया से लेकर सर्विस सेक्टर तक विकास ने अपना अगला चरण पाया है।

देखा जाए तो 'विकास' शब्द के बारे में सभी जानते हैं। कई लोग अपने विकास की कार्ययोजना बनाकर उस पर अमल करके सफलता भी पाते हैं। विकास का संबंध भौतिक सफलता और उससे मिलनेवाली खुशी से है। किंतु तेजविकास– विकास और पतन दोनों से परे है। इसका संबंध आध्यात्मिक सफलता और हर परिस्थिति में खुश रहने से है। यह एक उच्चतम अवस्था है। आइए, इसे समझने के लिए कुछ उदाहरणों का सहारा लेते हैं।

'तेज' का अर्थ है– दो से परे। जब भी किसी शब्द के साथ 'तेज' शब्द जोड़ा जाता है तब वह शब्द दो से मुक्त, तीसरी अवस्था की ओर इशारा करता है। जैसे सुख-दुःख के पार तेजआनंद, जहाँ किसी सुख से आसक्ति नहीं होती और कोई दुःख, दुःख नहीं होता... शोर और शांति से परे तेजमौन... ज्ञान और अज्ञान से परे तेजज्ञान...!

वैसे ही विकास और पतन से परे तेजविकास की अवस्था है, जहाँ इंसान का उच्चतम विकास हो चुका होता है। इस अवस्था में इंसान का पतन होने की संभावना नहीं बचती। वहाँ अहंकार, डर, लालच, नफरत, वासना ऐसे सभी विकारों से वह मुक्त हुआ होता है।

इंसान जब भौतिक सुख-सुविधाएँ, दौलत, शोहरत, पद, प्रतिष्ठा प्राप्त करने के लिए प्रयास कर रहा होता है तो यह बाहरी विकास होता है। जिसे प्राप्त करने के लिए उसमें भरपूर विश्वास होता है। लेकिन जब वह आत्मस्वरूप को खोजने हेतु आध्यात्मिक यात्रा शुरू करता है तो वह तेजविकास की ओर बढ़ रहा होता है। जिसमें उसके विश्वास का विकास होकर, तेजविश्वास में परिवर्तित होता है और फिर आत्मस्वरूप पा लेने के बाद विश्वास की पूर्णता होती है।

आइए, इंसान के विश्वास का विकास कैसे होता है, यह क्रमबद्ध तरीके से समझें।

विश्वास की यात्रा

१. अविश्वास से विश्वास :

शुरुआत में इंसान के मन में अविश्वास होता है कि वह जो बनना चाहता है, बन पाएगा या नहीं... जो पाना चाहता है उसे मिलेगा या नहीं...। कई बार उसका मन ऐसी शंकाओं में अटका रहता है, जिस कारण उसे मनचाहा परिणाम नहीं मिल पाता। लेकिन जब वह कुछ जगहों पर विश्वास रखना शुरू करता है तब उसे उसका परिणाम दिखाई देता है। फिर वह और बातों के लिए भी विश्वास रखना शुरू करता है। जिसका मनचाहा परिणाम पाकर, उसका विश्वास दृढ़ होते जाता है।

भौतिक जगत की ज़रूरतें पूरी करने के लिए विश्वास महत्वपूर्ण है। लेकिन इंसान का यह विश्वास परिणाम पर निर्भर होता है। परिणाम की आशा में वह विश्वास रखता है, जहाँ कुछ पाने की शर्त होती है। यानी उसका विश्वास शर्तों और सबूतों पर निर्भर होता है। जब तक उसे अपने विश्वास के अनुसार चीज़ें मिलती हैं या परिणाम दिखाई देता है तब तक उसका विश्वास टिकता है। जब तक उसे अपनी इच्छाएँ पूरी होती हुई दिखाई देती हैं तब तक वह विश्वास करता है। लेकिन ऐसा न हो तो उसका विश्वास टूट जाता है।

२. विश्वास से तेजविश्वास :

विश्वास और अविश्वास से परे है- तेजविश्वास। जहाँ मनचाहा परिणाम नहीं मिला तो भी विश्वास में फर्क नहीं पड़ता क्योंकि यह परिणाम की आशा में रखा गया विश्वास नहीं होता। तेजविश्वास यानी जहाँ कोई शर्त नहीं होती, कोई तर्क नहीं होता। तेजविश्वास के लिए किसी कारण की ज़रूरत नहीं होती। वहाँ बस, असीम विश्वास होता है। यह अदृश्य में चलने की तैयारी होती है। ऐसा विश्वास तब जगता है, जब इंसान सत्य जानने की यात्रा शुरू करता है।

३. तेजविश्वास से विश्वास पूर्णता :

आध्यात्मिक यात्रा में जब इंसान सत्यज्ञान पाकर, उस पर तेजविश्वास रखकर आगे बढ़ता है तब वह ज्ञान उसके अनुभव के स्तर पर उतरता है। वह अपने होने के एहसास को जानने लगता है और अभ्यास के साथ धीरे-धीरे उसकी गहराइयों में उतरता जाता है। फिर एक अवस्था ऐसी आती है, जब वह ब्रह्माण्ड के सारे रहस्य जान जाता है और आत्मस्वरूप में स्थिर हो जाता है। इस अवस्था में उसका जो

विश्वास होता है, उसे विश्वास पूर्णता कहा जाता है। हालाँकि इसे विश्वास भी नहीं कह सकते क्योंकि वहाँ विश्वास की ज़रूरत ही नहीं होती। वहाँ विश्वास लागू ही नहीं होता। क्योंकि उस अवस्था में सब कुछ साफ-साफ दिखाई देता है। इस अवस्था के बारे में हम पुस्तक के दूसरे भाग में विस्तार से जानेंगे।

आइए, सातवें नियम में हम विश्वास से आगे बढ़कर तेजविश्वास के अलग-अलग आयामों को समझें।

तेजविश्वास है- विश्वास पर विश्वास

तेजविश्वास यानी जहाँ इंसान को विश्वास पर विश्वास होता है। इस अवस्था में उसे यह दृढ़ता प्राप्त होती है कि विश्वास की शक्ति जीवन को संचालित करती है। यहाँ अविश्वास की संभावना पूरी तरह से खत्म हो जाती है और इंसान को समझ मिलती है कि अविश्वास का भी रोल था... अविश्वास ही विश्वास बढ़ाने की सीढ़ी बना।

जैसे दो प्रकार के लोगों में कुछ- सकारात्मक सोच रखनेवाले (पॉजिटिव थींकर) होते और कुछ नकारात्मक सोच (निगेटिव थींकर)। मगर जब कोई यह समझ जाता है कि नकारात्मकता का भी रोल है तब वह बनता है रियल पॉजिटीव थींकर। नकारात्मक की वजह से इंसान सकारात्मक की कीमत समझ पाता है। इसलिए वहाँ नकारात्मकता भी सकारात्मकता का ही कार्य करती है।

इसी तरह जब इंसान जान जाता है कि अविश्वास की वजह से ही विश्वास को बढ़ाने का मौका मिला, इसलिए अविश्वास का भी महत्त्व है तब वह विश्वास और अविश्वास के पार तेजविश्वास की अवस्था पाता है।

तेजविश्वास है- बेशर्त विश्वास

शर्तों, कारणों और परिस्थितियों पर आधारित विश्वास, तेजविश्वास नहीं होता। हाँ, वह विश्वास मदद ज़रूर कर सकता है, तेजविश्वास की ओर ले जाने के लिए।

तेजविश्वास की अवस्था में इंसान पूर्ण समर्पण भाव में रहता है। यह अवस्था तब आती है, जब वह आध्यात्मिक ज्ञान प्राप्त करने के रास्ते पर चलने लगता है। यह अवस्था आने के बाद ही वह सत्यज्ञान में स्थापित हो सकता है। क्योंकि यह ज्ञान अतार्किक है। मन का कोई भी तर्क वहाँ सही साबित नहीं होता। जब मन समर्पित

होकर हर तर्क, हर शर्त से ऊपर उठता है तब ही वह उस ज्ञान के लिए पात्र बनता है।

कुछ लोग स्वयं को सच्चा भक्त मानते हैं और वे इस भ्रम में रहते हैं कि 'मुझे ईश्वर पर पूर्ण विश्वास है' मगर जब उनकी इच्छाएँ पूरी नहीं होतीं या जीवन में बड़ी परेशानियाँ आती हैं तब उनका विश्वास भी खत्म हो जाता है। दूसरी ओर, तेजविश्वास रखनेवाला भक्त कहेगा, 'ईश्वर मेरी इच्छा पूरी न करके मेरा कुछ भला करना चाहता है, मुझे कुछ सिखाना चाहता है।'

तेजविश्वास जगने पर भक्त को ईश्वर पर विश्वास रखने के लिए किसी कारण की आवश्यकता नहीं होती। इच्छा पूरी हो या न हो, उसे कुछ फर्क नहीं पड़ता क्योंकि उसका विश्वास किसी क्रिया या परिणाम पर निर्भर नहीं है।

इस तरह विश्वास के रूपांतरण में इंसान सीमित विश्वास के दायरे से बाहर निकल जाता है। पहले खण्ड में हमने विश्वास की तस्वीर के चार कोने जानें, जो हैं- विश्वास, भावना, कर्म और परिणाम। हमने जाना कि कैसे इस फ्रेम में विश्वास भावना को बदलता है, भावना कार्य को प्रेरित करती है, फिर कर्म से नियत परिणाम प्रकट होता है और उस परिणाम से पाया हुआ विश्वास और दृढ़ होता है।

हमने यह भी जाना कि कैसे कई लोगों के लिए केवल फल या परिणाम ही विश्वास को दृढ़ करता है। ऐसे लोगों के लिए विश्वास की ताकत केवल फल पर निर्भर होती है। अगर परिणाम इच्छा अनुसार आया तो उस संदर्भ में उनका विश्वास बढ़ता है वरना कम हो जाता है। ऐसा विश्वास कारणरूप और शर्तयुक्त होता है।

जबकि विश्वास के ऊँचा उठने पर वह इंसान उस ढाँचे (फ्रेम) के पार चला जाता है। जहाँ पहले तीन पहलू यानी भावना, कर्म और परिणाम तो जारी रहते हैं, मगर आखिरी कोना- परिणाम पर निर्भर विश्वास - लुप्त हो जाता है। ऐसे में उस इंसान को मनचाहा परिणाम मिले या न मिले, उसकी भक्ति, समर्पण और विश्वास में कमी नहीं आती। ऐसे विश्वास के साथ ही वह ईश्वर को कह पाता है- 'तुम्हें जो लगे अच्छा, वही मेरी इच्छा...।'

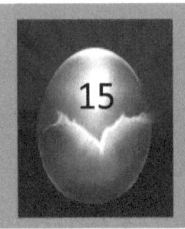

तर्क और दृश्य से परे है तेजविश्वास

तेजविश्वास को गहराई से जानने के लिए भौतिक और अदृश्य जगत के कुछ आयामों को समझना ज़रूरी है।

एक दुनिया यह है, जिसे हम भौतिक संसार कहते हैं और एक दुनिया इसके पार भी है जिसके नियम अतार्किक हैं। उन्हें समझने के लिए विश्वास की महत्वपूर्ण भूमिका होती है। मगर ऐसे विश्वास को जगाने की तैयारी भौतिक संसार में रहकर ही हो सकती है।

आइए, पहले समझते हैं भौतिक संसार और अदृश्य संसार के नियमों में क्या अंतर है।

जहाँ भौतिक संसार बँधे-बँधाए तर्कों पर आधारित नियमों पर चलता है, वहीं अदृश्य की दुनिया के नियम तर्क से परे हैं। भौतिक संसार के नियम अदृश्य दुनिया में बिलकुल काम

नहीं करते। जैसे भौतिक संसार में यह मानना तर्कसंगत है कि 'देने से कम होता है और पाने से बढ़ता है' या 'जितना ज़्यादा आप इकट्ठा करेंगे, उतना अधिक खुश रहेंगे।' इसी विश्वास को लेकर लोग पैसा, ऐशो-आराम की वस्तुएँ, गहने, ज़मीन-ज़ायदाद आदि इकट्ठा करने में लगे रहते हैं। जबकि अदृश्य की दुनिया का नियम कहता है, 'देने से बढ़ता है... जितना आप देते हैं, उससे बहुत ज़्यादा पाते हैं' या 'जितना छोड़ेंगे, उतना सुखी और संतुष्ट रहेंगे।'

लोग अदृश्य के नियमों को नहीं जानते इसलिए भेड़चाल में चलकर जीवन जीते हैं। वे कभी जानने की कोशिश भी नहीं करते कि क्यों सब कुछ पाकर भी वे आनंदित और संतुष्ट नहीं हैं? किंतु जो इस संसार की बातों से परे जाकर सत्य के रहस्य को जानने की कोशिश करते हैं, उन्हें तेजविश्वास की आवश्यकता पड़ती है। यदि अंतिम (तेज) विकास के मार्ग पर ले जानेवाले गुरु और ईश्वर पर तेजविश्वास है तो ही इंसान सत्य को जान सकता है, अन्यथा नहीं। क्योंकि तेजविश्वास के कारण ही तर्कसंगत न लगनेवाले अदृश्य के नियमों पर भरोसा कर, उन पर चला जा सकता है।

विश्वास की क्या पराकाष्ठा हो सकती है, यह आप सर्कस के कर्तब से जान सकते हैं। आपने सर्कस का वह कर्तब तो देखा होगा जहाँ ज़मीन से कई मीटर ऊपर लोग झूला झूल रहे होते हैं। वहाँ कर्तब दिखानेवाले को एक झूले को छोड़कर, दूसरी ओर झूल रहे खिलाड़ी के हाथों को पकड़ना होता है। अगर हाथ नहीं पकड़ पाया तो वह खिलाड़ी नीचे जाल पर गिर सकता है।

खेल को और रोमांचक बनाने के लिए जब नीचे का जाल हटा दिया जाता है तो एक जोकर मज़ाक-मज़ाक में ऊपर चढ़ जाता है। एक झूले से दूसरे झूले पर लटक रहे इंसान की तरफ अचानक ही लपक पड़ता है और गिरते-गिरते उसका हाथ थामकर बच जाता है। यह देखकर लोगों के मुँह खुले के खुले रह जाते हैं। यह है जोकर का उस दूसरे खिलाड़ी पर दृढ़ विश्वास कि वह उसे ज़रूर थाम लेगा और गिरने से बचा लेगा।

जब भक्ति अपने शिखर पर होती है तब विश्वास इतना दृढ़ होता है कि वहाँ पर पूर्ण समर्पण का भाव तैयार होकर वह बेशर्त विश्वास बन जाता है। हालाँकि ऐसा शुरुआत में नहीं होता, एक अवस्था तैयार होने के बाद ही यह प्रकट होता है। मगर एक बार ऐसा विश्वास प्रकट हो जाए तब उस विश्वास को किसी सबूत की आवश्यकता नहीं होती।

तेजविश्वास में तर्क नहीं होता

इंसान का विश्वास या तो परिणाम की वजह से होता है या किसी तर्क की वजह से। यदि आप अपने आपसे पूछें कि 'किसी पर आपको विश्वास क्यों है? इसके पीछे क्या तर्क है, क्या कारण है?' तो समझ में आएगा कि उसके पीछे कोई एक तर्क, कोई एक कहानी ज़रूर होगी।

जैसे आपको अपने एक मित्र पर इसलिए विश्वास है क्योंकि उसकी दी हुई सलाह हमेशा आपके काम आती है और वह आपसे कभी झूठ नहीं बोलता। या किसी पर इसलिए विश्वास है कि वह आपकी तारीफ करता है या आपको हमेशा तोहफे देते रहता है। किंतु समझना यह है कि विश्वास के पीछे जो भी कारण या तर्क है, वह अभी है। हो सकता है वह कल न रहे। हो सकता है वह मित्र कभी गलत सलाह दे, जिससे आपका कुछ नुकसान हो जाए या वह आपसे झूठ बोलने लगे... क्या तब भी आपका विश्वास बना रहेगा? नहीं, वह खत्म हो जाएगा। इसका अर्थ कारण या परिस्थितियाँ बदलने पर जो विश्वास डगमगा जाए, वह विश्वास- विश्वास नहीं, भ्रम है।

तेजविश्वास वह है, जिसमें तर्क या कारण नहीं होता। जब इंसान को गुरु या अपने आराध्य पर तेजविश्वास होता है तब वह उनके द्वारा बताई जा रही अदृश्य की अतार्किक बातों पर भी विश्वास कर, सत्य की शिक्षाओं को जीवन में उतारने लगता है।

जब वे कहते हैं कि 'जीवन जीना आसान, सहज और सरल है' तब शुरुआत में इंसान को यकीन नहीं होता। मगर जब वह थोड़ा विश्वास दिखाता है तब उसका परिणाम भी उसे मिलने लगता है। इस अवस्था में पहुँचने के बाद परिणाम न भी मिले तो उसका यकीन कम नहीं होता।

एक बार भगवान बुद्ध के पास एक इंसान कुछ शंकाएँ पूछने के लिए आया। उसने बातचीत की शुरुआत करते हुए कहा, 'ईश्वर और अध्यात्म को लेकर मेरे मन में बहुत सारे सवाल और शंकाएँ हैं। मुझे उनका समाधान चाहिए। मैं बहुत भटका हूँ लेकिन अब तक मुझे इनके जवाब नहीं मिले हैं।' इस पर भगवान बुद्ध ने कहा, 'तुम्हें सारे सवालों और शंकाओं के जवाब मिलेंगे, सारे समाधान मिलेंगे मगर एक शर्त है। तुम्हें यहाँ एक साल रहकर, बिना कुछ सवाल-जवाब किए सेवा करनी होगी।'

यह सुनकर उस इंसान को थोड़ी शंका आई और भगवान बुद्ध की बात अतार्किक लगी। साथ ही उसे मिलनेवाला समाधान भी अदृश्य में था। चूँकि वह ज्ञान के लिए पहले

काफी भटक चुका था इसलिए भगवान बुद्ध पर विश्वास रखकर एक आखिरी कोशिश करनी चाही।

उसने आश्रम में रहने का निश्चय किया। वहाँ की दिनचर्या का पालन करना शुरू किया। रोज़ ध्यान, पठन, मनन करने लगा और देखते ही देखते एक साल बीत गया। उसने महसूस किया कि इस दौरान उसके सारे सवाल और शंकाएँ विलीन हो गईं। अब उसे भगवान बुद्ध की शिक्षा प्रणाली पर गहरा विश्वास हो गया। उसकी आखिरी कोशिश बेकार नहीं गई। लगातार सत्य श्रवण, पठन, मनन, ध्यान से उसे समाधान मिल गया और वह निश्चिंत जीवन जीने लगा। उसका विश्वास तेजविश्वास में परिवर्तित होने लगा। आगे चलकर उसे सत्य भी प्राप्त हुआ। इस तरह गुरु पर विश्वास रखकर तर्क छोड़ देना और अतार्किक बातों को मानना, उसके लिए फायदेमंद साबित हुआ।

यह ज़रूरी नहीं है कि शुरू में ही गुरु के प्रति तेजविश्वास जग जाए। शुरुआत में इंसान तर्क के साथ विश्वास रखना शुरू करता है। जिसके सबूत पाने के बाद धीरे-धीरे उसका विश्वास बढ़ने लगता है। फिर वह कह पाता है कि 'अब कोई बात मेरे तर्क में न भी बैठे तो कोई बात नहीं। मेरे लिए बस! श्रद्धा और विश्वास ही काफी है।'

यदि आप भी उच्चतम जीवन जीना चाहते हैं तो खुद को लचीला बनाएँ, तर्क से ऊपर उठें। क्योंकि सत्य हमेशा हमारी सोच से बड़ा होता है। आम इंसान कुछ देखने के बाद ही विश्वास करता है मगर जिन्होंने तेजविश्वास रखकर सत्य के प्रयोग किए हैं, उनके जीवन में चमत्कार होते देखे गए हैं।

क्योंकि तेजविश्वास- विश्वास का विकसित रूप है। जैसे किसी पर्वत का सर्वोच्च बिंदु होता है- शिखर, वैसे ही विश्वास का सर्वोच्च बिंदु है, 'तेजविश्वास'। इसके बाद ही विश्वास की अंतिम अवस्था आती है, जो है विश्वास पूर्णता, जिसे पाना इंसान के पृथ्वी पर आने का असली उद्देश्य है।

जब इंसान को ईश्वर, गुरु या कुदरत के काम करने का तरीका पता चलता है तब उसके अंदर किसी तरह की कोई शंका या अविश्वास नहीं बचता। उसे विश्वास हो जाता है कि जो कुछ भी चल रहा है, वह दिव्य योजना (कुदरत के नियम) अनुसार ही हो रहा है।

आइए, एक और उदाहरण द्वारा अदृश्य पर विश्वास की गहराई को समझते हैं :

दो पहाड़ों के बीच एक रस्सी बँधी हुई है। लोगों से पूछा गया कि 'कोई अगर इस

रस्सी पर चलकर एक पहाड़ी से दूसरी पहाड़ी पर जाएगा तो वह इनाम पाएगा।' बहुत से लोग गिरने के डर से पीछे हट गए। कुछ लोग जिन्हें रस्सी पर चलने का अनुभव था और वे उसमें निपुण भी थे मगर वे इसलिए पीछे हट गए क्योंकि उन्हें दो पहाड़ों के बीच रस्सी पर चलना जोखिम का काम लगा।

वहीं पर एक जोशिला युवक था, जिसे अपनी काबिलियत और हुनर पर पूरा विश्वास था। उसमें ऐसे साहसिक कार्य को अंजाम देने की इच्छा भी थी। वह इसे करने की कोशिश के बारे में सोचकर आगे बढ़ा ही था कि घोषणा हुई कि जिस रस्सी पर चलना है वह अदृश्य (ट्रान्सपरंट) है। फिर क्या था, यह सुनकर उसके कदम वहीं पर जम गए।

सोचकर देखें, अगर रस्सी अदृश्य हो तो क्या कोई उस पर चलने की चेष्टा करेगा? अगर किसी को १०० प्रतिशत दिलासा भी दिया जाए कि उसे गिरने नहीं दिया जाएगा तब भी कोई इस कार्य को करने के लिए राजी नहीं होगा बल्कि उसे तो यह बेवकूफीवाली हरकत लगेगी। ऐसा केवल वही कर पाएगा जिसका विश्वास दृढ़ है, जिसे अपनी आस्था पर किसी तरह की कोई शंका नहीं है।

यह उदाहरण तर्क-असंगत है लेकिन तेजविश्वास की मिसाल है। जैसे मीरा को जब विष का प्याला मिला तब उसे ईश्वर पर अटूट विश्वास था कि विष पीने से कुछ होनेवाला नहीं और अगर कुछ हो भी जाए तो वह घटना तेजविश्वास का प्रमाण देगी। जिसके कारण आज भी मीरा के अनन्य भक्ति की मिसालें दी जाती हैं।

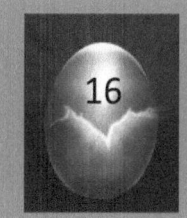

'ख़ुशी' और 'है' की भावना है तेजविश्वास

इंसान के जीवन में 'भावों' का बहुत महत्त्व है। जिस तरह के भाव वह रखता है, अदृश्य में वैसी ही तरंग से जुड़ जाता है। अगर आपके अंदर सकारात्मक भाव यानी 'है' की भावना है तो आप विश्व की सारी सकारात्मक बातों से जुड़ जाते हैं।

'हैं' की भावना यानी सतत संतुष्टि और पूर्णता के भाव में रहना। ऐसे इंसान की नज़र हमेशा जीवन में क्या 'है' और उसे क्या मिला है पर होती है। वह 'हर चीज़ भरपूर है और कुदरत हरेक की व्यवस्था करती ही है', इस विश्वास के साथ अपना जीवन व्यतीत करता है।

इसके विपरीत जब इंसान नकारात्मक तरंग से जुड़ता है तो वह नकारात्मकता के लिए ग्रहणशील हो जाता है। जैसे कुछ लोग होते हैं, जिनका ध्यान हमेशा 'नहीं' पर ही होता है। जीवन में कोई भी परिस्थिति आए, 'क्या नहीं है', यह बताने में वे एक्सपर्ट होते हैं। जैसे सुबह उठते ही कहते हैं,

'आज तो नींद ही पूरी नहीं हुई... आज अखबार ही नहीं आया... चाय में चीनी कम है... मेरे पास समय ही नहीं है... मेरे पास गाड़ी नहीं है... लोग मुझे ध्यान ही नहीं देते...' इत्यादि।

इस तरह इंसान नहीं... नहीं बोलकर निराशा से घिर जाता है और अपने जीवन में यह घोषणा कर देता है कि 'मेरे जीवन में कुछ भी ढंग का नहीं हो रहा है।'

जब इंसान जीवन में कुछ चाहता है तो वह विश्वास को रिलीज करता है और मनचाहा परिणाम भी पाता है। मगर उसे इस बात पर भी मनन करना चाहिए कि कुछ चीज़ें उसके चाहने या न चाहने के बावजूद दी जा रही हैं।

जैसे आपको जीवन मिला है... आपको शरीर दिया गया है... बिना कुछ किए आपकी साँस चल रही है... आप स्वास्थ्य से पूर्ण हैं... आपको परिवार, लोग, रिश्तेदार मिले हैं... आप प्रेम, पैसा, शिक्षा, ज्ञान से ओत-प्रोत हैं। सोचें, कितनी ऐसी चीज़ें वर्तमान में मौजूद हैं, जो आपके बिना कुछ किए आपको मिली हैं। उनके लिए कितनी खुशी व्यक्त की जानी चाहिए... ईश्वर को कितने धन्यवाद दिए जाने चाहिए!

तेजविश्वास है 'खुशी' की भावना में रहना

जो इंसान खुश होता है... संतुष्ट होता है... वह तेजविश्वास की तरफ बढ़ चुका है। यहाँ जिस खुशी की बात हो रही है वह कोई कारणोंवाली खुशी नहीं है, जिससे इंसान को कुछ क्षणों के लिए राहत मिलती है बल्कि यहाँ स्थाई खुशी की बात हो रही है। जहाँ इंसान को ना कुछ खोने का डर है और ना ही कुछ पाने की इच्छा। ना किसी परिणाम की चिंता और ना ही कुछ पाने का मोह। वह केवल 'है' की भावना में रहते हुए, जीवन जीने से खुश है, कुदरत के होने से खुश है, सत्य के मार्ग पर चलने से खुश है।

इस संसार में हमें शुरू से यह सिखाया गया है कि हम जो भी करते हैं, उसी से सब कुछ प्राप्त होता है और हमें खुशी मिलती है। जबकि वह अस्थाई खुशी है, यह किसी ने हमें नहीं सिखाया। हम लगातार प्राप्त करने की बात पर विश्वास करते रहते हैं क्योंकि अपने आस-पास के लोगों को भी वही करते हुए देखते हैं। इस तरह से हम संसार में अस्थाई खुशियाँ ढूँढ़ते रहते हैं। यह संसार हमारे लिए कभी भी स्थाई खुशी नहीं दे सकता।

इसे ऐसे समझें जैसे अगर आप बच्चे से कहें, 'जाओ और बाहर खेलकर आओ, मैं तुम्हें एक चॉकलेट का डिब्बा उपहार में दूँगा।' तो यह सुनकर उसे बड़ा आश्चर्य होगा- क्योंकि उसके लिए बाहर खेलना ही अपने आपमें उपहार है। बच्चे को खेल के बदले उपहार या दूसरा कुछ भी नहीं चाहिए होता क्योंकि उसकी खुशी तो खेलने में ही होती है।

वैसे ही यदि कोई चित्रकार से कहे कि 'आपको वर्ल्ड की बेस्ट पेंटिंग बनानी है। ऐसी पेंटिंग जिसे देखकर हर इंसान को उसे फिर-फिर से देखने का मोह हो। इसके लिए आपको जो चाहिए वह ईनाम मिलेगा!' यह सुनकर चित्रकार कह सकता है, 'पेंटिंग बनाना ही मेरे लिए सबसे बड़ा ईनाम है क्योंकि पेंटिंग करने से मुझे खुशी मिलती है इसलिए मुझे और किसी ईनाम की चाहत नहीं है।'

कहने का तात्पर्य है कि परिणाम को ध्यान में रखकर जब कोई इंसान कार्य करता है तो संभावना है कि परिणाम ना मिलने पर वह दुःखी हो जाए और मनचाहा परिणाम मिलने पर खुश हो जाए। मगर जब बात तेजविश्वास की हो तो ऐसा इंसान परिणाम पाने के लिए कोई कार्य नहीं करता है बल्कि वर्तमान में जो उसके सामने है, उसका आनंद लेता है और वही उसके लिए खुशी का कारण बनता है। जैसे बच्चे के लिए खेलना और चित्रकार के लिए पेंटिंग बनाने का था।

इस तरह जीवन को अगर एक खेल जानकर जिया जाए तो और किसी उपहार की आवश्यकता नहीं बचेगी। जो भी संसार का खेल चल रहा है, वह अपने आपमें सही समझ के साथ आनंददायक हो सकता है। मगर जब जीवन का यह खेल (जिसे लीला भी कहा गया है) चल रहा होता है तब क्या इंसान इसे केवल खुशी के लिए खेल पाता है? जब वह किसी कार्य को करता है और उससे जो प्राप्त होनेवाला है, उसमें अगर उसकी रूचि होती है तब वह लीला न रहकर, सुख-दुःख का खेल बन जाता है। ऐसे में ज़्यादातर परिणाम से मिलनेवाला फल ही उसे प्रेरित करता है, ना कि केवल क्रियाएँ। क्योंकि वह अपने जीवन को रेस की तरह लेता है, जिसमें हार-जीत होती रहती है। इसलिए उसके साथ सुख-दुःख का खेल चलता रहता है। उसके जीवन में परिणाम ही उसके लिए मोटिवेशन का कारण होता है। मनचाहा परिणाम उसके जीवन में खुशियाँ लाता है और अनचाहा परिणाम दुःखों को लाता है।

जब इंसान जीवन के बहाव में तेजविश्वास के साथ जीवन जीने लगता है तब उसे खुशी पाने के लिए कोई सहारा नहीं लेना पड़ता। बल्कि वह खुशी से उस खेल (लीला) का किरदार बनकर, उसका आनंद उठाता है और परिणाम जो भी आए उसे

सहज स्वीकार कर लेता है।

इसे यू समझें जब आप अपने कर्मों के फल से जुडे नहीं होते तब वे स्वार्थरहित कर्म बन जाते हैं। उदाहरण के लिए जब आप रोज़ स्नान करते हैं तो वह किसी की तारीफ पाने के लिए नहीं करते। असल में आप उसके बदले में कुछ नहीं चाहते क्योंकि अपनी सफाई करना अपने आपमें एक फल है। सफाई आपका अपना सहज स्वभाव है। जब आप अपने स्वभाव अनुसार जीते हैं तब आप बदले में कुछ नहीं चाहते, ऐसा कर्म अपने आपमें पूर्ण होता है।

यदि आप नहाने के बदले में किसी भी तारीफ की अपेक्षा नहीं करते तो खाना बनाने में, घर, परिवार संभालने में, अपने बॉस, अपनी सास के काम करते वक्त बदले में अतिरिक्त अपेक्षा क्यों रखते हैं? यह मनन होना ज़रूरी है।

जब आप नए तरीके से प्यार की भावना रखते हुए खाना बनाते हैं तब आप अपने कार्य के उत्तम फल का बीज बोते हैं, चाहे फिर आपकी तारीफ हो या ना हो। वही अगर तारीफ न मिलने पर आप परेशान होते हैं, नाराज़ होते हैं, अपमानित महसूस करते हैं तो आप अपनी उस वक्त की खुशियों को आगे धकेल रहे हैं। ऐसे में आपकी खुशी दूसरों की प्रतिक्रियाओं पर ही निर्भर करेगी। वरना आप इसी क्षण आनंद पा सकते हैं।

किसी के मन में यह विचार आ सकता है कि क्या तेजविश्वास रखनेवाले इंसान को कोई समस्या या चुनौतियाँ नहीं आती हैं? ऐसे इंसान के जीवन में भी चुनौतियाँ... समस्याएँ आती हैं मगर वह उनका खुशी से स्वागत करता है। विकास के अगले चरण में जाने का मार्ग समझता है। चुनौतियाँ उसके खेल (जीवन) को और भी दिलचस्प बना देती हैं।

कैरम बोर्ड के खेल में अगर चारों तरफ की रेखाएँ मिटा दी जाएँ तो क्या आप उस खेल का मज़ा ले पाएँगे? खेल में रोमांच तभी होता है, जब उसके साथ कुछ मर्यादाएँ जोड़ दी जाती हैं। यही नियम जीवन के साथ भी लागू होता है। समस्या या चुनौतियों में इंसान रोते नहीं बैठता है कि मेरे जीवन में क्यों आई हैं? बल्कि वह उसका भी आनंद लेता है। घटना होने के बाद कई लोग यह कहते हैं कि जो हुआ अच्छे के लिए ही हुआ। मगर तेजविश्वासी इंसान घटना के दौरान भी खुश रहता है। वह जानता है कि नकारात्मक घटना भी उसका विकास करने के लिए आई है।

जब हम इस सच्चाई को जीवन में उतारेंगे तब जीवन में हारने या जीतने के लिए नहीं खेलेंगे बल्कि हर खुशी को पाने की मृगतृष्णा से पार हो जाएँगे।

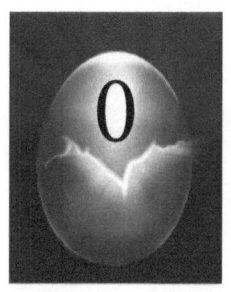

विश्वास नियम ज़ीरो

विश्वास का न अंत, न शुरुआत,
विश्वासांत है- विश्वास पूर्णता

विश्वास को पूर्णता तभी मिलती है जब इंसान अदृश्य, अतार्किक और कल्पना से परे के सत्य को अनुभव से जान जाता है।

विश्वास का न अंत, न शुरुआत, विश्वासांत है- विश्वास पूर्णता

'**विश्वास**' निश्चित रूप से एक ईश्वरीय गुण है। इस गुण को पाने के लिए आपने अपनी यात्रा 'अविश्वास' से आरंभ की। यात्रा के पहले पड़ाव पर आप 'अविश्वास' से 'विश्वास' की ओर गए। फिर 'विश्वास' से 'तेजविश्वास' की ओर। 'तेजविश्वास' विश्वास की उच्चतम अवस्था है, जहाँ विश्वास को कोई भी कारण, कोई भी तर्क हिला नहीं सकता। इस तरह देखने में तो लगेगा कि 'तेजविश्वास' पर पहुँचकर हमने 'विश्वास' को उसके पूर्ण स्वरूप में पा लिया है लेकिन यह पूर्णता नहीं है। विश्वास की यात्रा अभी अपूर्ण है। यह तब पूर्ण होगी, जब आप विश्वास पूर्णता प्राप्त करेंगे। विश्वास पूर्णता ही विश्वास की वह अवस्था है, जिसे ईश्वरीय गुण कहा जाएगा।

समझने के लिए विश्वास पूर्णता की अवस्था को 'विश्वासांत' शब्द से संबोधित किया जा सकता है यानी विश्वास का अंत (रहस्य) पा लेने के बाद की अवस्था को

विश्वासांत कहेंगे। आइए, इसे (विश्वास+अंत) अन्य शब्दों के उदाहरण लेकर समझेंगे।

जैसे 'वेदांत' (वेद+अंत) शब्द वेदों यानी ज्ञान की ऐसी अवस्था को दिखाता है, जहाँ न उसका आरंभ था और न अंत था। वेदों का अंत पा लेने के लिए वेदांत की रचना हुई। जहाँ ज्ञान अपने आपमें पूर्ण हो, हर आरंभ और अंत से परे जो है, वही वेदांत है।

इसी तरह 'लीलांत' शब्द है, जहाँ हर लीला का अंत होकर ज़ीरो (शून्य) अवस्था पाई गई। या 'समयांत' शब्द की परिभाषा देखें तो यह भी समय की ऐसी अवस्था की ओर इशारा करता है, जहाँ न तो समय का आरंभ था और न ही अंत हुआ, समय के आरंभ और अंत से परे की अवस्था।

इसी तरह 'विश्वासांत' शब्द है। यह विश्वास की उस अवस्था को दर्शाता है, जहाँ विश्वास अपनी पूर्ण अवस्था में हो, जिसे पाने के लिए कोई यात्रा न करनी पड़े, जहाँ उसका न विपरीत हो (अविश्वास), न आरंभ (विश्वास), न अंत (तेजविश्वास) बस वही हो। विश्वास की यही पूर्ण अवस्था ईश्वरीय उत्तमता है, जो ज्ञान और श्रद्धा के संगम से मिलती है।

विश्वास-पूर्णता प्राप्त करने के लिए सबसे पहले इंसान को जीवन के सत्य को जानना होगा, अपने आत्मस्वरूप पर स्थित होना होगा। क्योंकि विश्वास को पूर्णता तभी मिलती है, जब इंसान अदृश्य, अतार्किक और कल्पना से परे के सत्य को स्वयं अनुभव करता है। आइए, जीवन के सत्य को शुरुआत से समझने का प्रयास करें।

जब संसार की रचना नहीं हुई थी तब क्या था? तब ईश्वर पूर्ण विश्राम की अवस्था में था- जहाँ केवल ईश्वर ही था, जो निराकार था। ईश्वर यानी चैतन्य, स्व का एहसास, कैवल्य अवस्था, बीइंगनेस! इसी चेतना को परमात्मा, अल्लाह, गॉड या सेल्फ कहा गया है। इस स्थिति में वह उपस्थित तो था परंतु अपना अनुभव नहीं कर पा रहा था, अपने आपको जान नहीं पा रहा था।

जैसे अपने आपको देखने के लिए आपको आइने की ज़रूरत होती है, अन्यथा आप खुद को देख नहीं पाते हैं। वैसे ही संसार बनने के पहले ईश्वर था मगर वह अपने आपको जान नहीं पा रहा था। फिर अपना अनुभव करने के लिए, जो पहले आराम की स्थिति में था, वह क्रियावी स्थिति में आ गया। जो निराकार था, उसने आकार धारण किया। ईश्वर ने अपने भावों को, अपने गुणों को प्रकट करने के लिए संसार बनाया। उस संसार में उसने अलग-अलग जीवों के साथ इंसान भी बनाया।

दरअसल ईश्वर ही इंसान बना, अलग-अलग जीव बना, कई प्रकार के आकार धारण किए।

ईश्वर ने खुद का अनुभव करने तथा अपने गुणों को उजागर करने के लिए इंसान में मन और बुद्धि की रचना की। केवल इंसान में ही उसने सोचने की शक्ति डाली। लेकिन शरीर के साथ जुड़ने पर ईश्वर खुद को शरीर ही मानने लगा। अपने असीम स्वरूप को भूलकर खुद को सीमित और आकार मानने लगा। वह खुद को दूसरों से अलग, एक व्यक्ति मानने लगा। इस तरह सभी शरीरों में खुद को दूसरों से अलग माननेवाला व्यक्ति तैयार हुआ, जिससे ऐसा प्रतीत होता है कि संसार में बहुत से लोग हैं। जबकि सत्य यह है कि ईश्वर ही सभी शरीरों से जुड़कर, हर शरीर में खुद को अलग मान रहा है।

दूसरों से अलग होने की यह केवल मान्यता है, जिसमें रचनाकार ही उलझ जाता है। जैसे कोई जादूगर ऐसा उत्तम तिलिस्म रचे कि जिसमें वह खुद कठपुतली बन जाए और सब भूलकर यह मानने लगे कि 'मैं तो कठपुतली हूँ और जादूगर कोई और ही है।' यदि ऐसा हुआ तो आप जानते हैं कि जादूगर को खुद को जानने और पहचानने के लिए कहा जाएगा।

उसी तरह इंसान भी जब अपना असली स्वरूप जान जाता है यानी जब ईश्वर फिर से 'खुद को अलग मानने' के जाल से स्वयं को मुक्त करता है तब संसार बनाने का असली उद्देश्य पूर्ण होता है। इसी अवस्था को आत्मसाक्षात्कार होना कहा गया है। संसार बनाने के पीछे ईश्वर का एकमात्र कारण खुद को जानना ही है मगर वह अपनी ही माया में उलझकर यह लक्ष्य भूल जाता है।

जैसे आइने में अगर हम खुद को नहीं देख पाए तो उस आइने का कोई उपयोग नहीं होता, उसी तरह संसार ईश्वर का आईना है। इस आइने में 'असली मैं' का साक्षात्कार नहीं हुआ तो जीवन सार्थक नहीं होता।

अत: जाननेवाला खुद के प्रति जाग्रत हो जाए यही लक्ष्य है जीवन का। कई बार इंसान को ध्यान करते समय, चाहे कुछ क्षणों के लिए ही क्यों न हो, अपने होने का अनुभव होता है। मगर अनुभव की एक छोटी सी झलक इस उद्देश्य को पूर्ण नहीं कर पाती। क्योंकि उसका मन माया का थोड़ा आकर्षण देखते ही फिर संसार की तरफ मुड़ जाता है। जब हम अपने अनुभव में पूरी तरह स्थापित हो जाते हैं तब ही असली उद्देश्य पूरा होता है। इसे ही स्वयं में स्थापित होना या सेल्फ-स्टैबलायजेशन

कहा गया है, जहाँ स्वयं की पहचान पाकर इंसान स्वअनुभव में सदा के लिए स्थापित हो जाता है।

आत्मसाक्षात्कार के बाद जब मन में विचार उठते हैं तब वहाँ 'ये मेरे विचार हैं' की भावना नहीं होती। वहाँ इंसान हर परिस्थिति में अहंकार के (अलग मैं के भाव से) गिरने-उठने और सांसारिक जीवन के उतार-चढ़ाव से तथा मान्यताओं और पुरानी धारणाओं से पूर्ण रूप से मुक्त हो जाता है। स्वयं में स्थापित होने के बाद जो होता है वह बदलाहट नहीं बल्कि पूरी तरह से रूपांतरण है। जैसे एक कीट रूपांतरित होकर तितली का रूप ले लेता है और बंधनमुक्त होकर खुले आकाश में विचरण करता है।

इस अवस्था में शरीर द्वारा सारे सांसारिक कार्य होते रहते हैं, जीवन और सुंदर हो जाता है। वहाँ चैतन्य अपनी पहचान मन, बुद्धि और शरीर के साथ नहीं जोड़ता। वह केवल साक्षी बनकर उपस्थित होता है।

जब हम अपने असली स्वभाव में नहीं होते तब जीवन में कई समस्याओं में उलझ जाते हैं। कई दुविधाभरे प्रश्न उठते हैं, जैसे 'मैं यह कार्य कर पाऊँगा या नहीं? मैं फलाँ परिस्थिति का सामना कैसे करूँगा? मैं इस पर निर्णय कैसे लूँ?' जब तक आप अपने असली स्वभाव से दूर रहेंगे, तब तक आपको ऐसे विचार आते ही रहेंगे। इसके विपरीत जब आप अपने स्वभाव से जुड़ते हैं तब सारे प्रश्न ही विलीन हो जाते हैं। 'कैसे होगा' इसे जानने की ज़रूरत ही नहीं बचती। कोई भी उत्तर, कोई भी सुलझन अपने आप स्त्रोत से प्राप्त होते दिखाई देती है।

यही विश्वास-पूर्णता की अवस्था है, जहाँ सब कुछ साफ-साफ दिखाई देता है। इस अवस्था में विश्वास रखने या न रखने का सवाल ही नहीं उठता। यहाँ पर देखने का अर्थ जानना भी है। जब कोई अपने अनुभव से अदृश्य को जान लेता है तब सच्चाई पर कोई प्रश्नचिन्ह नहीं रहता। इसे एक उदाहरण से समझें।

मान लें, एक कमरा बनाना है जिसके लिए हम जानते हैं कि चार खंभे होना आवश्यक है। अब एक इंसान को बताया गया, 'यहाँ चार खंभे हैं, तुम इनके आधार पर दिवारें बाँधना शुरू करो'। मगर वह कहता है, 'यहाँ तो तीन ही खंभे हैं। चौथा खंभा बनाना पड़ेगा।' हालाँकि वहाँ चार खंभे हैं मगर एक खंभा, खंभों के पीछे छिपा होने की वजह से उसे दिखाई नहीं दे रहा। तब उसे कहा जाता है, 'चार खंभे हैं, तुम विश्वास करो और कमरा बाँधना शुरू करो।' फिर भी वह कहता है, 'मुझे

तो दिखाई नहीं दे रहा, मैं विश्वास कैसे करूँ?' वह दिवारें बनाने को मना कर देता है और वहाँ से चला जाता है। क्योंकि उसका विश्वास दृश्य पर आधारित है यानी तेजविश्वास नहीं है।

दूसरे इंसान को वही काम बताया जाता है। लेकिन उसे बतानेवाले पर विश्वास है। इसलिए भले ही चौथा खंभा अदृश्य है, वह काम शुरू कर देता है। उसके विश्वास को तेजविश्वास कहा जाएगा क्योंकि उसे किसी सबूत या दृश्य की ज़रूरत नहीं है।

लेकिन जो बता रहा है, उसका विश्वास कैसा है? वह कहेगा, 'मुझे तो खंभा दिखाई दे रहा है। उसमें विश्वास की क्या ज़रूरत है?' ठीक इसी प्रकार आत्मसाक्षात्कार के बाद उस शरीर में विश्वास की आवश्यकता ही नहीं होती। उसके लिए कुछ भी अदृश्य नहीं रहता। वहाँ विश्वास रखने की बात उसके लिए लागू ही नहीं होती। यही विश्वास-पूर्णता की अवस्था है।

इस अवस्था में विश्वास रखने की आवश्यकता नहीं रहती क्योंकि वह तो पूरे ब्रह्माण्ड के साथ एकरूप हुआ होता है। कोई अलग होगा तो उस पर विश्वास रखा जा सकता है। लेकिन उसके लिए कोई अलग नहीं है। ऐसे में उसके लिए विश्वास रखने या न रखने का प्रश्न ही नहीं बचता। दूसरे शब्दों में कहें तो वह स्वयं ही विश्वास बन जाता है।

इस अवस्था में जीवन एक दिव्य संगीत बन जाता है, जिसमें से निःस्वार्थ प्रेम, आनंद और शांति की मधुर धुनें निकलती हैं, जो दूसरों को छू जाती हैं और उन्हें भी अपना विश्वास ऊपर उठाने की प्रेरणा मिलती है।

ब्रह्माण्ड... ईश्वर... या कुदरत पर आस्था रखते हुए, अपनी आध्यात्मिक यात्रा पूरी करें ताकि आप भी विश्वास-पूर्णता की उच्चतम अवस्था को प्राप्त कर पाएँ, जो आपका असली स्वभाव है।

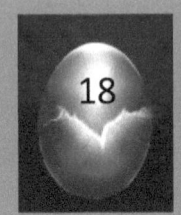

आत्मसाक्षात्कार पाना सभी का जन्मसिद्ध अधिकार है और मेरा भी

इंसान के मन में आत्मसाक्षात्कार यानी मोक्ष के बारे में कई सारी मान्यताएँ हैं। जैसे आत्मसाक्षात्कार के लिए सात जन्म लगेंगे... कठिन तप से गुज़रना पड़ेगा... संसार छोड़कर संन्यासी जीवन अपनाना होगा... यह केवल दिव्य पुरूषों के लिए ही संभव है, हमारे जैसे साधारण इंसान के लिए नहीं आदि। इन गलत धारणाओं के कारण आत्मसाक्षात्कार लोगों के लिए एक दुर्लभ बात बन चुकी है।

जैसा कि आपने अब तक जाना, जिसका जैसा विश्वास होता है, उसे उसका वैसा ही परिणाम मिलता है।

असल में आत्मसाक्षात्कार पाना इंसान के जीवन की उच्चतम उपलब्धि है और यह तब हो सकती है, जब ईश्वर पर उसका विश्वास हो।

ईश्वर ने पेड़-पौधे, कई प्रकार के पशु-पक्षी, जीव

बनाए। मगर इन सभी में केवल इंसान को ही सोच शक्ति का वरदान मिला है ताकि वह मनन द्वारा अपने मूल स्वरूप को याद कर पाए।

आज के युग में कई लोग 'सोच' शक्ति का इस्तेमाल केवल पैसा कमाने के लिए, नित नए आविष्कार करने के लिए तो कुछ मानवजाति की भलाई के लिए कर रहे हैं। ऐसे बहुत ही कम लोग हैं, जो सांसारिक जगत के पार जाकर 'मैं कौन हूँ... who am I?' जानने का प्रयास करते हैं। वरना यह सवाल बहुतों के मन को छूता तक नहीं। वे लोग इस सवाल का उत्तर जाने बिना ही अपना जीवन बिता देते हैं। जबकि मनुष्य जन्म मिलना ईश्वरीय कृपा है और मोक्ष प्राप्ति उसके जीवन का कुल-मूल लक्ष्य।

आइए, एक कहानी द्वारा इस बात की गहराई को जानने का प्रयास करते हैं।

एक बार भगवान विष्णु ने घोषणा की कि वे स्वयं भगवान का मंदिर बनवाने जा रहे हैं। इस खबर से देव लोक में खलबली मच गई। हर कोई इस मंदिर की चर्चा कर रहा था लेकिन भगवान विष्णु के भक्त नारद मुनि को अलग ही सवाल सता रहा था। वे यह जानने में उत्सुक थे कि इस मंदिर का पुजारी कौन बनेगा? नारद जी स्वयं को भगवान विष्णु का सबसे बड़ा भक्त मानते थे। उनका मानना था कि स्वयं भगवान द्वारा बनाए जानेवाले मंदिर का पुजारी बनने की पात्रता तो उनका सबसे बड़ा भक्त ही रखता है। जब नारद जी भगवान विष्णु से मिलने गए तब उनसे रहा नहीं गया और उन्होंने भगवान से प्रश्न किया-

'हे प्रभु... आपके द्वारा बनवाए जानेवाले मंदिर का पुजारी कौन होगा?'

भगवान विष्णु ने नारद जी के मन की शंका को भाँपते हुए जवाब दिया, 'इस मंदिर का पुजारी मेरा परमभक्त बनेगा, जो पृथ्वी लोक से एक सज्जन है- चाँदविश्वास।'

यह बात सुनकर नारद जी के कान खड़े हो गए। उन्हें भगवान की बातों पर यकीन नहीं हो रहा था। अब उनके मन में चाँदविश्वास से मिलने की प्रबल इच्छा जगी और भगवान विष्णु से आज्ञा लेकर वे उससे मिलने पृथ्वी लोक जा पहुँचे।

जब नारद जी पृथ्वी लोक पहुँचे तब उन्होंने देखा कि चाँदविश्वास एक साधारण सा लकड़हारा था, जो भेड़-बकरियाँ भी सँभालता था। साधारण सी वेशभूषा रखनेवाले चाँदविश्वास के कंधों पर उसके बूढ़े माता-पिता की ज़िम्मेदारी

थी। नारद जी चाँदविश्वास की दिनचर्या का निरीक्षण कर रहे थे। वे देखना चाहते थे कि चाँदविश्वास दिन में कब और कितनी बार भगवान का नाम लेता है। जब वे उसका पीछा कर रहे थे तो उन्होंने देखा कि वह जंगल से लकड़ियाँ काटकर घर लौटा। मगर पूरे समय में उसने एक बार भी भगवान का नाम नहीं लिया। नारद जी को लगा कि शायद घर पहुँचकर या खाना खाने से पहले चाँदविश्वास भगवान का नामस्मरण करेगा लेकिन ऐसा कुछ भी नहीं हुआ। अब नारद जी को लगा कि शायद सोने से पहले नामस्मरण करेगा लेकिन नारद जी की इस उम्मीद पर भी पानी फिर गया। चाँदविश्वास के सोने के पश्चात नारद जी को लगा कि अब वह ज़रूर आधी रात में उठकर भगवान का नाम लेगा। लेकिन चाँदविश्वास इतनी गहरी नींद में था कि उसने करवट तक नहीं बदली।

दो दिन लगातार चाँदविश्वास की हरेक क्रिया का निरीक्षण करने के पश्चात नारद जी उलझन में पड़ गए। क्योंकि चाँदविश्वास भगवान के नाम का जाप ही नहीं करता था। उन्हें आश्चर्य हुआ कि ऐसा कैसा भक्त है, जो भगवान का नाम तक नहीं लेता। उन्हें लगा कि वे शायद किसी दूसरे इंसान का निरीक्षण कर रहे हैं। लेकिन पूछताछ करने पर पता चला कि वही चाँदविश्वास है। उन्हें समझ में नहीं आ रहा था कि इसे भगवान का परम भक्त क्यों माना जा रहा है। अंततः उन्होंने चाँदविश्वास से बातचीत करने का निर्णय लिया और उससे जाकर पूछा,

'क्या तुम चाँदविश्वास हो? सुना है तुम भगवान के बड़े भक्त हो...।'

'जी हाँ... मैं ही चाँदविश्वास हूँ परंतु मैंने तो अपने बारे में भगवान का बड़ा भक्त होने के बारे में कुछ नहीं सुना है।'

'लेकिन देव लोक में तो ऐसी चर्चा चल रही है कि तुम भगवान के परम भक्त हो। अगर तुम सचमुच भगवान के परम भक्त हो तो बताओ क्या तुम्हें ऐसा कोई मंत्र मालूम है, जिसे केवल एक बार दोहराने से ही मोक्ष मिल जाता है?'

'हाँ... मुझे ऐसा मंत्र मालूम है, जिसे दोहराते ही मोक्ष मिल जाता है।' चाँदविश्वास ने दृढ़ता से जवाब दिया।

नारद जी को विश्वास ही नहीं हो रहा था कि इस इंसान को ऐसा मंत्र मालूम है, जिसे दोहराने से मोक्ष मिलता है और अब तक उसने दोहराकर भी नहीं देखा कि मंत्र काम करता है या नहीं। इस पर नारद जी ने चाँदविश्वास को मंत्र दोहराने का

निवेदन किया। मगर उसने मंत्र दोहराने से साफ-साफ मना कर दिया क्योंकि उसे पक्का यकीन था कि वह मंत्र दोहराएगा तो उसे मोक्ष अवश्य मिल जाएगा।

नारद जी के ज़रूरत से ज़्यादा जोर देने पर चाँदविश्वास ने उनसे क्षमा माँगते हुए कहा, 'मुझ पर अपने बूढ़े माँ-बाप की ज़िम्मेदारी है... जब तक मेरी यह ज़िम्मेदारी पूरी नहीं हो जाती तब तक मैं यह मंत्र नहीं दोहराऊँगा!'

नारद जी ने चाँदविश्वास को समझाते हुए कहा, 'मैं तुम्हारे माँ-बाप की पूरी ज़िम्मेदारी लेता हूँ, मैं तुमसे वादा करता हूँ कि अगर तुम्हें मंत्र दोहराने पर मोक्ष मिला तो मैं यहीं पृथ्वी लोक में रहकर तुम्हारे माता-पिता का उम्रभर खयाल रखूँगा। तुम उसकी चिंता मत करो... बस मंत्र दोहराओ।'

'क्या आप सचमुच मेरे माता-पिता का खयाल रखेंगे?' चाँदविश्वास ने अपनी चिंता व्यक्त की। नारद जी ने उसे वादा करके मंत्र दोहराने के लिए राज़ी किया।

'ठीक है, अगर ऐसी बात है तो मैं मंत्र दोहराने के लिए तैयार हूँ।' इतना कहकर चाँदविश्वास ने मंत्र दोहराया और जैसे ही मंत्र खत्म हुआ पुष्पक विमान आकर उसे लेकर चला गया। चाँदविश्वास को मोक्ष प्राप्त हो गया!

नारद जी अचंभित थे कि चाँदविश्वास का विश्वास क्या कर गया! अब उन्हें ज्ञात हुआ कि चाँदविश्वास को भगवान का परम भक्त क्यों कहा गया। क्योंकि उसके मन में ईश्वर के प्रति जरा सी भी शंका नहीं थी बल्कि विश्वास-अविश्वास से परे तेजविश्वास था। इसे ही ईश्वर के प्रति सच्ची भक्ति कहा गया है। जहाँ असंभव कुछ भी नहीं होता।

उपरोक्त कहानी मोक्ष प्राप्त करने में विश्वास की भूमिका को बयान करती है। मोक्ष एक अवस्था है, जिसे शब्दों में समझाने का प्रयास किया गया है। इससे कोई यह न समझ ले कि पुष्पक विमान का आकर ले जाना यानी मोक्ष है।

हर इंसान जो कह रहा होता है, वह अपनी और अपने विश्वास की खबर दे रहा होता है। अब ज़रा मनन करें कि आपका विश्वास कैसा है... आप क्या दोहरा रहे हैं... क्या आपका विश्वास तेजविश्वास बना है? यदि आप कह रहे हैं कि 'आत्मस्वरूप पाना सभी का जन्मसिद्ध अधिकार है और मेरा भी' तो मुबारक हो, ऐसा ही होगा! आपका यही तेजविश्वास आपकी आध्यात्मिक यात्रा के लिए निमित्त बनेगा और आपको इसी जीवन में मोक्ष प्राप्ति होगी।

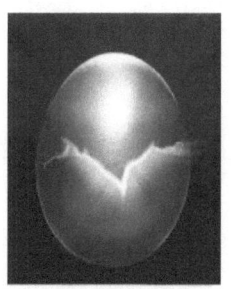

अंधविश्वास को विश्वास में कैसे बदलें

परिशिष्ट विभाग

आनेवाला कल आपके लिए
क्या लेकर आएगा,
यह कोई नहीं बता सकता
लेकिन वह जो भी लेकर
आएगा,
आपकी उम्मीदों पर खरा
उतरेगा, यह विश्वास रखें।

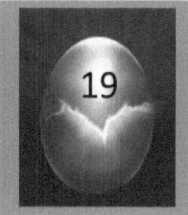

19. सात प्रकार के विश्वास
बेशक, बेहद, बेशर्त

सात प्रकार के मूलभूत विश्वास इंसान के जीवन की नींव मज़बूत करते हैं। इनमें से यदि एक की भी कमी हो तो इंसान का जीवन अपूर्ण रह जाता है। आइए, इन्हें जानें।

१) स्वयं पर विश्वास :

एक कहावत आपने सुनी होगी, 'अगर आपमें आत्मविश्वास है तो ५०% जीत आपकी वहीं हो जाती है और अगर आत्मविश्वास की कमी है तो आप आधी लड़ाई बिना लड़े ही हार जाते हैं।'

आज के स्पर्धात्मक युग में सफलता पाने के लिए सभी आत्मविश्वास का महत्त्व जानते हैं मगर उसकी सच्ची परिभाषा और इसे कैसे बढ़ाया जाए का प्रशिक्षण बहुत कम लोगों को होता है।

आत्मविश्वास जीवन का एक ऐसा आयाम है, जिसके आधार पर हर असंभव काम संभव हो सकता है, विश्व का हर रहस्य जाना जा सकता है और उसका अपने विकास के लिए इस्तेमाल किया जा सकता है। बशर्ते आप इसकी सही परिभाषा से परिचित हों।

आत्मविश्वास का मतलब केवल स्वयं पर विश्वास से बिलकुल भी नहीं है। क्योंकि अपने आप पर ज़्यादा विश्वास भी एक तरह का अंधविश्वास ही है। आत्मविश्वास का वास्तविक अर्थ है अपनी काबिलीयत पर विश्वास होना। जब इंसान को यह लगने लगे कि वह किसी काम को सिर्फ कर ही नहीं सकता बल्कि उसमें असफल होने पर भी उस पर डटा रह सकता है तो यही उसके आत्मविश्वास की निशानी है, जो उसे किसी भी कठिनाई में रुकने नहीं देती।

एक आत्मविश्वासी, अपने विश्वास की ताकत से दूसरों का भी आत्मविश्वास बढ़ाता है। जो माँ-बाप अपने बच्चों को नए-नए प्रयोग करने में उनकी सहायता करते हैं, उन बच्चों का आत्मविश्वास दृढ़ होता जाता है।

एकलव्य, सूर्यपुत्र कर्ण जैसी महान हस्तियों की पुरातन कहानियों से स्पष्ट होता है कि उन्होंने केवल अपने आत्मविश्वास के दम पर अपना लक्ष्य साधा। आज के युग में भी ऐसे कई उदाहरण मौजूद हैं, जहाँ आत्मविश्वास के बल पर लोग आगे बढ़े हैं।

फिर भी आत्मविश्वास का यह ऊपरी अर्थ है। आत्मविश्वास की यात्रा का अंतिम पड़ाव आज की हमारी समझ से कई गुना आगे है। आत्मविश्वास की चरम सीमा पर वह तेजविश्वास में परिवर्तित होता है और तेजविश्वास से विश्वास पूर्णता आती है, जहाँ से जीवन परम आनंद की दिशा में बहता है।

२) **गुरु पर विश्वास :**

रामकृष्ण परमहंस के सबसे प्रिय शिष्य थे- नरेंद्र यानी स्वामी विवेकानंद। उनका निर्वाण (शरीर की मृत्यु) होने के बाद स्वामी विवेकानंद के जीवन में ऐसा समय आया, जब उन्हें आगे की दिशा स्पष्ट नहीं हो रही थी। एक दिन ध्यान के दौरान उन्होंने मन ही मन रामकृष्ण परमहंस से इसके बारे में सवाल पूछा और जवाब पाने के उद्देश्य से लगातार तीन दिन तक ध्यान में बैठे रहे। उस वक्त उन्हें एक

चित्र दिखाई दिया, जिसमें रामकृष्ण परमहंस समुंदर के पानी के ऊपर से पश्चिम दिशा में जा रहे थे।

इस चित्र में छिपे दो मुख्य संकेत स्वामी विवेकानंद ने ग्रहण किए, पहला- पश्चिम दिशा में जाना और दूसरा पानी के ऊपर से जाना। दोनों संकेतों को मिलाकर उन्होंने तय किया कि वे समुद्री जहाज़ से यात्रा करके पश्चिमी राष्ट्रों में उनके गुरु द्वारा मिले ज्ञान का प्रचार करेंगे। इसके लिए उन्होंने अमरीका में चल रही सर्वधर्म परिषद को उचित माध्यम समझते हुए, वहाँ जाने का निर्णय लिया।

यह घटना दर्शाती है कि एक इंसान जब अपने गुरु पर बेशक, बेहद और बेशर्त विश्वास रखता है तब नई संभावना खुलती है। और उसका जीवन खुद चमत्कार बन जाता है। जब कोई गुरु की ओर एक कदम बढ़ाता है तब गुरु उसके लिए दस कदम चलते हैं।

इतिहास के पन्ने पलटकर देखें तो आपको ज्ञात होगा कि भारत वर्ष में ऐसे अनेक शिष्य हुए, जिनके अटूट विश्वास ने आध्यात्मिक जगत में क्रांति लाई। संत मीरा, सुदामा, भक्त प्रह्लाद, संत ज्ञानेश्वर, गुरु अंगद, संत एकनाथ, संत नामदेव, समर्थ रामदास, संत मुक्ताबाई, संत कबीर... ऐसे अनगिनत उदाहरण हैं, जो आज भी सत्य के खोजियों के लिए आदर्श हैं, उनके विश्वास की नींव हैं।

३) **शिक्षाओं (ज्ञान) पर विश्वास :**

आध्यात्मिक उन्नति के लिए इंसान का गुरु की शिक्षाओं पर विश्वास होना अति आवश्यक है। जब उसे इनका महत्त्व स्पष्ट होता है तब उसके मन में यह खयाल नहीं आता कि 'मैं क्यों विश्वास करूँ?' बल्कि वह गुरु के उच्चतम मार्गदर्शन पर कार्य कर, उसे अपने जीवन में आसानी से उतार पाता है। जब शिष्य अपने गुरु की शिक्षाओं पर बेशर्त विश्वास करता है तब वह कठिन से कठिन परिस्थितियों को भी आसानी से मात दे पाता है। चाहे शिक्षाएँ उसे कितनी भी सरल, साधारण या अतार्किक लगें, उन पर चलकर ही वह अंतिम लक्ष्य प्राप्त करता है।

कई महापुरुषों ने अपने गुरु के देहांत पश्चात उनकी शिक्षाओं का प्रचार- प्रसार करने हेतु अपना समस्त जीवन समर्पित किया। जैसे संत एकनाथ, स्वामी विवेकानंद आदि। सिख संप्रदाय में गुरुनानकजी के बाद उनके शिष्यों ने उनकी शिक्षाओं का प्रसार किया। क्योंकि गुरु मुख से निकला हुआ एक शब्द भी शिष्य को

आत्मसाक्षात्कार तक पहुँचा सकता है। इसलिए गुरु की शिक्षाओं पर दृढ़ विश्वास होना ज़रूरी है।

४) गुरु के विश्वास पर विश्वास :

आपको लगेगा यह कैसा विश्वास है मगर हकीकत में यह शुरुआत का विश्वास है। जब पूरे बह्माण्ड की रचना हुई तब उसके साथ प्रकट हुआ विश्वास है। केवल गुरु ही शिष्य की आध्यात्मिक उन्नति पर विश्वास रखकर उसे मार्गदर्शन दे सकते हैं। कई बार शिष्य को स्वयं पर अविश्वास होता है कि उसे अंतिम सत्य मिलेगा या नहीं? मगर गुरु उस पर विश्वास रखते हैं कि मान्यताओं और वृत्तियों के बावजूद वह मुक्तिपथ पर आगे बढ़ सकता है। आप भी गुरु के विश्वास पर विश्वास रखें ताकि इसी जीवन में आपके लिए मुक्ति का द्वार खुल जाए।

५) ईश्वर (कुदरत) पर विश्वास :

इंसान ईश्वर को मानता तो है पर यह ज़रूरी नहीं कि वह उस पर पूरी तरह विश्वास करता हो। कई बार वह अपने जीवन में होनेवाली अच्छी-बुरी घटनाओं, लाभ-हानि को सामने रखकर ईश्वरीय विश्वास को कम-ज़्यादा करते रहता है। यदि वह पूरी निष्ठा के साथ ईश्वर पर विश्वास रखे तो हर घटना को स्वीकार कर निश्चिंत जीवन जी सकता है।

एक दंपत्ति छोटे जहाज़ पर समुद्री यात्रा कर रहे थे तभी तूफान आया और जहाज़ डगमगाने लगा। यह देखकर पत्नी डर गई पर पति बिलकुल शांत थे। उन्हें इतना निश्चिंत देख पत्नी ने पूछा, 'आपको डर नहीं लगता?' जवाब में पति ने अपनी तलवार निकाली और पत्नी की गरदन पर रख दी। पत्नी मुस्करा दी। पति ने पूछा, 'क्यों तुम्हें डर नहीं लगा?' तब पत्नी ने कहा, 'आप मुझे बहुत प्यार करते हैं, मेरा भला चाहते हैं। आप मुझे नुकसान क्यों पहुँचाएँगे!' इस पर पति ने कहा, 'ईश्वर हमारा परम पिता है, जो सबका भला ही चाहता है। कभी किसी का अहित नहीं चाहता इसलिए मैं निश्चिंत और निर्भय हूँ।' यह सुन पत्नी को समझ में आया कि उसके पति का विश्वास ईश्वर पर अडिग है और वही उनकी रक्षा करेगा।

यदि हमारा विश्वास भी ईश्वर के प्रति अटल है तो यही हमारे जीवन की सबसे बड़ी पूँजी है।

६)	ईश्वर के विश्वास पर विश्वास :

इंसान के लिए ईश्वर का विश्वास कहता है, 'आत्मस्वरूप (मोक्ष) पाना सभी का जन्मसिद्ध अधिकार है' मगर बहुत कम लोग इस बात पर यकीन कर पाते हैं। उनमें से कुछ ही लोग इसे जीवन का उद्देश्य समझकर उस पर कार्य कर पाते हैं। सभी धार्मिक पुस्तकों में अलग-अलग शब्दों में इसका जिक्र किया गया है। किंतु इंसान उन्हें पुस्तकी बातें समझकर छोड़ देता है तथा सिकुड़नभरा जीवन जीता है।

'मेरे लिए ईश्वर का विश्वास क्या है', यह जब इंसान अपने अनुभव से जानेगा तब उसके अविश्वास का रूपांतरण होगा। उसके मंद और बंद मन की खिड़कियाँ खुलेंगी, जिससे उसके जीवन में चमत्कारों का सिलसिला शुरू होगा।

अब तक सभी तरह के विश्वास जानने के बाद आपको फैसला करना है कि आप अपना विश्वास किस तरह प्रकट करेंगे। एक बच्चा जब अपने माता-पिता को हर परिस्थिति में विश्वास के साथ जीते हुए देखता है तब उसके अंदर भी विश्वास निर्माण होता है। इसके विरुद्ध जब माता-पिता घटनाओं में डर जाते हैं, गुस्सा या अपराधबोध का शिकार होते हैं तब उनके बच्चे भी अविश्वास की राह पर चल पड़ते हैं। अतः विश्वास की नींव रखना केवल आपके लिए ही नहीं बल्कि आनेवाली पीढ़ी के लिए भी आवश्यक है, इस बोध के साथ ईश्वर की इच्छा पर विश्वास रखना आरंभ कर दें।

७)	ईश्वर की इच्छा पर विश्वास :

दुःख, आपदाएँ, अपघात, बीमारियाँ इन सभी से जूझनेवाले लोग हमेशा ईश्वर से शिकायत करते हैं कि 'मेरे साथ ही ऐसा क्यों होता है? मैंने कभी किसी का बुरा नहीं चाहा, फिर मेरे साथ बुरा क्यों हुआ?' ऐसे सवाल पूछनेवाले लोग ईश्वर की इच्छा पर विश्वास नहीं कर पाते या कहें ईश्वर के काम करने का तरीका नहीं जानते। कुछ घटनाओं में लोग यह बात भूल जाते हैं कि उनके जीवन में होनेवाली घटनाएँ उन्हें मज़बूत बनाने के लिए आई हैं, जो उन्हीं की प्रार्थनाओं का असर है। इसलिए आपके जीवन में चाहे नकारात्मक घटनाएँ हो रही हों या कितनी भी समस्याएँ हों, यदि आपको विश्वास है कि 'यही ईश्वर की इच्छा है, वह जो करता है अच्छे के लिए करता है' तो आगे सब बेहतर ही होनेवाला है।

इस समझ से आपका विश्वास बाहर की परिस्थिति को देखकर नहीं हिलेगा और जब विश्वास नहीं हिलेगा तब समस्या हिल जाएगी।

आपको निर्णय लेना है कि घटना में क्या हिले? विश्वास या समस्या। यदि आपका ईश्वर पर विश्वास अटूट है तो आप कहेंगे, 'ईश्वर की इच्छा है तो यही मेरी इच्छा है।' सोचकर देखें ऐसा विश्वास यदि आपमें जग जाए तो आपका जीवन कैसा होगा? फिर आप डर-डरकर नहीं जीएँगे, डल-डल नहीं रहेंगे, बोझ के तले झुककर नहीं चलेंगे बल्कि नकारात्मक घटना होने के बावजूद ईश्वर पर विश्वास बनाए रखेंगे और उन्नति के पथ पर आगे बढ़ेंगे।

अंधविश्वास, अविश्वास, विश्वास और उम्मीद
सात सवाल-जवाब

सवाल १ : मैंने कई बार यह अनुभव किया है कि मैं जो भी मन्नतें माँगता हूँ, प्रार्थनाएँ करता हूँ... वे पूरी होती हैं। मगर मेरे कई दोस्तों की मन्नतें पूरी नहीं होतीं, ऐसा क्यों?

जवाब : विश्वास, अंधविश्वास न बने बल्कि हमारे जीवन में समझ के साथ उतरे। अधिकतर मंदिर ऊँची पहाड़ियों पर बनवाने के पीछे कारण है। लोग जब ऐसे मंदिरों में अनेक कष्ट सहकर जाते हैं तब उनका विश्वास रिलीज होता है।

प्रार्थना और विश्वास का गहरा संबंध है। जिस प्रार्थना में विश्वास नहीं वह प्रार्थना नहीं, वे मात्र शब्द हैं। श्रद्धा, विश्वास और शुद्ध भाव से की गई प्रार्थना बहुत गहरे परिणाम लाती है। आपकी प्रार्थना (मन्नतें) पूरी हो रही हैं क्योंकि आपके अंदर विश्वास है। अन्य लोगों के अंदर 'शायद' जैसे शब्द शंका और अविश्वास की भावनाएँ निर्माण करते हों।

इसे इस तरह समझें कि जब मन्नतें माँगी जाती हैं तब इंसान के अंतर्मन से कुछ तरंगें प्रसारित होती हैं। ये तरंगें जिन चीज़ों से मैच होती हैं, वे चीज़ें जीवन में आकर्षित होती ही हैं, यह कुदरत का नियम है। अतः आप ऐसी प्रार्थनाएँ ज़रूर कर सकते हैं मगर उनके साथ कोई अंधविश्वास तैयार न हो, इसका अवश्य खयाल रखें और इसके पीछे का विज्ञान एवं विश्वास नियम भी समझें।

सवाल २ : यदि विश्वास में इतनी ताकत है तो रोज़मर्रा के जीवन में इंसान इस शक्ति का अनुभव क्यों नहीं कर पाता?

जवाब : अधिकांश लोग 'विश्वास नियम' के ज्ञान और कुदरत के कानून से महरूम हैं। वे ईश्वर के कार्य करने का तरीका समझ नहीं पाते। साथ ही इंसान देना भूल गया है। उसका तर्क है कि देने से कम होता है या खो जाता है। असल में जो आप दूसरों को देते हैं, वह कई गुना बढ़कर आपको मिलता है। बाँटने से सुख कई गुना बढ़ता है, रोकने से घटता है। इस जगत में एक भी ऐसा इंसान नहीं है, जिसके पास देने के लिए कुछ भी न हो। आप किसी के राह से काँटे हटा सकते हैं... किसी के आँसू पोंछ सकते हैं... किसी दुःखी को एक पल हँसा सकते हैं...। क्या दिया, कितना दिया, यह महत्त्व नहीं रखता, 'दिया' यही मुख्य बात है। जिसने दिया उसे बहुत मिला और जिसे बहुत मिला उसने और ज़्यादा दिया। यही है विश्वास नियम का आधार।

आज यह नियम उलटा हो गया है। इस दौर में पहले लिया जाता है, फिर दिया जाता है। मिलता नहीं इसलिए देते नहीं, देते नहीं इसलिए मिलता नहीं। इस उलटे नियम के कारण इंसान की सोच भी सीमित हो गई है। उसे लगता है, 'कोई मेरी तरफ ध्यान देगा तो ही मैं उसकी तरफ ध्यान दूँगा... कोई मेरा जन्मदिन याद रखेगा तो ही मैं उसका जन्मदिन याद रखूँगा... मुझे तोहफा नहीं दिया गया तो मैं भी तोहफा नहीं दूँगा... मुझे फेसबुक पर लाइक नहीं किया तो मैं भी लाइक नहीं करूँगा।' मगर अब समय आया है प्रकृति के इन अदृश्य नियमों को अपने मूल स्वरूप में, सही समझ के साथ अपनाकर, अपने विचारों में परिवर्तन लाने का।

सवाल ३ : क्या विश्वास की अति हो सकती है? ओवर कॉन्फिडेंस क्या है?

जवाब : अकसर आपने कुछ लोगों को यह कहते हुए सुना होगा कि 'फलाँ विद्यार्थी, जो हमेशा अच्छे अंकों से पास होता था, इस बार ओवर कॉन्फिडेंस की वजह से फेल हो गया।' यहाँ गौर करनेवाली बात यह है कि 'ओवर कॉन्फिडेंस' ऐसा कोई शब्द नहीं

होता... इसे कहा जाएगा लापरवाही, अज्ञानता या अर्धबेहोशी।

दूसरी बात- विश्वास की कभी अति नहीं हो सकती। जब भी आप विश्वास करेंगे तो पाएँगे कि बहुत कम ही विश्वास रखा गया है। क्योंकि इसकी शक्ति असीम है, अनंत है, अद्भुत है। इसकी कोई सीमा तय नहीं की जा सकती।

आइए, एक कहानी से ओवर कॉन्फिडंस का अर्थ समझते हैं।।

तीन शिष्य रास्ते से कहीं जा रहे थे। अचानक उन्होंने देखा कि सामने से एक पागल हाथी दौड़ता हुआ आ रहा है। उसके ऊपर बैठा महावत चिल्ला-चिल्लाकर सबको खबरदार कर रहा था कि 'हाथी के सामने से हट जाओ, यह आपको कुचल देगा।' यह सुनकर दो शिष्य रास्ते से बाजू हट गए मगर एक शिष्य वहीं खड़ा रहा। क्योंकि उसने अपने गुरु से सुना था कि मुसीबत के वक्त ईश्वर भक्तों की रक्षा अवश्य करते हैं।

देखते ही देखते हाथी आया और उसे घायल करके आगे बढ़ गया। बाकी दोनों शिष्य गुरुजी के पास दौड़ते हुए आए और पूरी घटना बयान की। उन्होंने गुरुजी से सवाल किया, 'तीसरे शिष्य को ईश्वर पर इतना विश्वास था तो ईश्वर उसे बचाने क्यों नहीं आए?' इस पर गुरुजी बोले, 'उस महावत के रूप में ईश्वर ही तो सबको खबरदार कर रहे थे। तुमने उनकी बात सुनी इसलिए ज़िंदा हो। उसने नहीं सुनी इसलिए वह घायल हो गया।' इस घटना से आप समझ सकते हैं कि तीसरा शिष्य जिसे विश्वास समझ रहा था, दरअसल वह उसका अज्ञान था, लापरवाही थी।

सवाल ४ : गुरु पर पूर्ण विश्वास रखने से कहीं हम अपना आत्मविश्वास तो नहीं गँवा रहे हैं?

जवाब : गुरु पर विश्वास रखने का अर्थ यह कदापि नहीं है कि आप स्वयं पर यकीन न करें। अगर आप स्वयं पर विश्वास रखते हैं तो इसका अर्थ यह नहीं है कि माता, पिता, भाई या किसी और पर आपको विश्वास नहीं रखना है। गुरु पर १००% विश्वास रखना ही है क्योंकि गुरु ही आपको अपने आप पर १००% विश्वास रखना सिखाते हैं। सच्चे गुरु चाहेंगे कि शिष्य अपने आप पर १००% विश्वास रखना शुरू करे। वह अपने आप पर विश्वास नहीं कर पा रहा था इसलिए गुरु की आवश्यकता थी। अपने आप पर विश्वास आ गया तो गुरु पर विश्वास नहीं रहा, ऐसा नहीं है। गुरु तो इंसान और ईश्वर के बीच का पुल है।

मन का ऐसा तर्क होता है कि एक जगह विश्वास होगा तो दूसरी जगह नहीं रहेगा, जो कि पूर्णतः बेबुनियाद है। दोनों जगह विश्वास तब हो सकता है, जब आप अपने आप पर शत-प्रतिशत विश्वास रखना सीख जाएँ। सच्चे गुरु वे हैं जो, 'आप जो हैं' उस पर पूरा विश्वास रखना सिखाते हैं, जिससे आप विश्वास की गहराई पाते हैं।

इस अवस्था में पहुँचकर आप जानेंगे कि गुरु पर विश्वास और अपने आप पर विश्वास, दोनों एक ही बात है। जैसे-जैसे आप स्वयं को जानते जाएँगे, आपके अंदर से द्वैत भाव मिटता जाएगा और अंततः आपको ज्ञात होगा कि 'ईश्वर', 'आप', 'गुरु' 'कृपा' और 'विश्वास' ये सब एक हैं।

सवाल ५ : ऐसा कहा जाता है कि अंकशास्त्र, वास्तुशास्त्र, ज्योतिषशास्त्र, टैरो कार्ड रीडिंग जैसी शाखाएँ विज्ञान पर आधारित हैं। आज तक विश्व में ऐसे कई उदाहरण देखे गए हैं– जिन्होंने फलाँ अँगूठी धारण की और उनकी कई इच्छाएँ पूर्ण होने लगीं।

यदि ऐसा है तो क्या लकी कलर, लकी नंबर, लकी स्टोन वाकई अपना महत्त्व रखते हैं? क्या शुभ मुहूर्त देखकर ही हमें अपने महत्वपूर्ण काम करने चाहिए?

जवाब : इस विषय से संबंधित आधा-अधूरा ज्ञान इंसान में गलत विश्वास निर्माण कर सकता है इसलिए इस बात को विस्तार से समझना आवश्यक है।

सबसे पहले यह समझें कि कुदरत ने इंसान के शारीरिक और मानसिक स्वास्थ्य के लिए कई अमूल्य चीज़ें बनाई हैं। जैसे तरह-तरह के पेड़-पौधे हैं, जिनमें कुछ हीलिंग पॉवर है। कुछ वनस्पतियाँ आयुर्वेद शास्त्र में औषधि मानी जाती हैं। इतना ही नहीं बल्कि कई फूलों के अर्क भी मानसिक स्वास्थ्य के लिए इस्तेमाल किए जाते हैं। वैसे ही कुदरत में कुछ ऐसी चीज़ें भी हैं, जो इंसान के मानसिक शांति के लिए मददगार साबित हुई हैं। कुछ ऐसे स्टोन्स या धातु (मेटल्स) कुदरत में उपलब्ध हैं, जिनके संपर्क में आते ही इंसान स्वयं को नकारात्मक शक्तियों की तरंगों से कुछ हद तक बचा सकता है। कई स्टोन्स ऐसी तरंगें उत्सर्जित करते हैं, जिससे इंसान की मनोदशा पहले से शांत हो जाती है।

मगर इस विषय से संबंधित एक मिसिंग लिंक यानी छूटी हुई कड़ी है– ऐसे

स्टोन्स धारण करने के बाद कई लोगों को सकारात्मक परिणाम प्राप्त होते हैं क्योंकि उनकी बिलीफ सिस्टम (विश्वास प्रणाली) बदल जाती है। स्टोन धारण करने से पहले उनके विचार बहुत नकारात्मक थे और स्टोन पहनने के बाद उनके विचारों में परिवर्तन हुआ है।

ऐसे कई संवाद आपने लोगों से सुने होंगे कि 'मेरा भाग्य ही खराब है इसलिए मेरे साथ ऐसी नकारात्मक घटनाएँ हो रही हैं... मेरे नसीब में जितना पैसा होगा, उतना ही मुझे मिलेगा... मेरे तो स्टार्स ही अच्छे नहीं हैं... मेरी राशि में तो भाग्योदय है ही नहीं... मुझे बिजनेस शुरू करते समय मुहूर्त देखना चाहिए था...' आदि। इन सभी बातों के पीछे एक ही विकार है– डर और असुरक्षा का भाव।

आज इंसान अंदर से काफी हद तक डरा हुआ है। वह असुरक्षितता की भावना से घिरा हुआ है। इसी कारण इक्कीसवीं सदी में भी ज्योतिष शास्त्र, वास्तुशास्त्र, अंकशास्त्र जैसी शाखाओं में बिजनेस शुरू हुआ है। बहरहाल ये सभी विज्ञान शाखाएँ हैं, जिनमें सबसे महत्वपूर्ण है कि हम किसी भी ऐसे शास्त्र के पीछे होनेवाला मनोविज्ञान समझें।

कोई जब प्रार्थना, दुआ या मंत्र लिखकर उसे तावीज़ में रखे और वह तावीज़ आपको गले में पहनने के लिए दे तो आपके अंदर एक विश्वास जगता है कि 'अब मैंने यह मंत्रों से सिद्ध तावीज़ पहना है इसलिए मैं पूर्ण रूप से सुरक्षित हूँ।' अतः पहला परिवर्तन आता है आपकी विश्वास प्रणाली अर्थात बिलीफ सिस्टम में। कारण चाहे वह तावीज़ हो, कोई लकी स्टोन हो, कोई अँगूठी हो या कोई कर्मकाण्ड; जैसे ही आपका विश्वास बदलता है, वैसे आपकी भावना में तुरंत परिवर्तन आने लगता है क्योंकि जैसा विश्वास, वैसी भावना, यह मूल और पहला विश्वास नियम आप शुरुआत में जान चुके हैं।

किसी चीज़ को धारण करके जैसे ही आप अच्छा महसूस करने लगते हैं, वैसे ही आपके अंदर की तरंग सकारात्मक हो जाती है। आपकी तरंगों से मिलती-जुलती तरंगें आपकी ओर आकर्षित होने लगती हैं। फिर आपके जीवन में ऐसे ही लोग आकर्षित होते हैं, जो खुद सकारात्मक विचारक हैं। अपने कारोबार को समृद्ध करनेवाली नई आइडियाज आपमें आने लगती हैं। क्योंकि अब आपके अंतर्मन से डर एवं असुरक्षा विलीन हो रही है। परिणामस्वरूप आपकी इच्छाएँ अब वास्तविकता में उतरना शुरू होती हैं। जैसा परिणाम आपको प्राप्त होता है, वैसा

आपका विश्वास भी बढ़ने लगता है।

जिससे आपका विश्वास और दृढ़ बनता जाता है। क्योंकि जैसे ही आपको सबूत मिलते हैं, वैसे आपका विश्वास पहले से और दृढ़ हो जाता है। मगर आप एक बात भूल रहे हैं कि अँगूठी या तावीज़ के माध्यम से स्वयं के विचारों में और विश्वासप्रणाली में परिवर्तन आने के कारण ही ये सब संभव हुआ है। इसके अलावा यह खयाल रखें कि इन बातों पर विश्वास रखकर आप खुद पर विश्वास न खो दें।

सवाल ६ : तो क्या हमें न्यूमरॉलॉजी, एस्ट्रॉलॉजी जैसी बातों पर विश्वास नहीं रखना चाहिए? क्या हमें केवल अपने विचारों को दिशा देने का ही कार्य करना चाहिए?

जवाब : बिलकुल! ये सभी चीज़ें उस इंसान के लिए मददगार साबित हो सकती हैं, जिसने अपने जीवन में उम्मीद खोई है या जो लगातार आपदाओं का सामना करने के कारण निराश हो चुका है। क्योंकि ग्रह-तारों का इंसान की मनोदशा पर असर तो ज़रूर होता है। अमावस और पूर्णिमा ये चंद्र की अवकाश में होनेवाली स्थिति और चंद्र की अवस्था दर्शाती है। चंद्र की विभिन्न अवस्थाओं के कारण समुंदर में ज्वार-भाटा आता है। अर्थात ब्रह्माण्ड में सभी चीज़ें एक-दूसरे के साथ जुड़ी हुई हैं। इसलिए चंद्र का समुंदर के पानी पर असर होता है।

अब जरा सोचिए, हमारे शरीर का अधिकांश हिस्सा तो पानी का ही बना है। जाहिर है, हमारे शारीरिक एवं मानसिक स्वास्थ्य पर चंद्र की अवकाश स्थिति का असर तो होगा ही। इन्हीं बातों को ध्यान में रखते हुए हमारे ऋषि-मुनियों ने राशीफल जैसे शास्त्रों का निर्माण किया। उन्होंने गणित, भौतिकशास्त्र और ऐसे कई आयामों का अभ्यास करते हुए कई डाइग्राम्स (आकृतियों) का रेखाटन किया। परिणामस्वरूप कुंडली, पंचांग जैसी चीज़ें निर्माण हुईं। अब इन सभी का सहारा लेते हुए इंसान की जन्मतिथि, जन्म समय, ग्रहों की स्थिति आदि बातों को ध्यान में रखते हुए उन्होंने कई सारी संभावनाएँ दर्शाईं। इसके पीछे बहुत ही शुद्ध उद्देश्य, अव्यक्तिगत कारण था।

जब आप डॉक्टर के पास जाते हैं तब डॉक्टर आपके लक्षण देखकर आपको कुछ मेडिकल टेस्ट करने के लिए कहते हैं। मानो, आपकी ब्लड टेस्ट की रिपोर्ट देखकर डॉक्टर कहे, 'आपको भविष्य में डायबिटीज होने की संभावना है इसलिए

अपने खान-पान में ज़रूरी बदलाव करें।' यह सुनकर इंसान नकारात्मक विचार कर सकता है कि 'बाप रे! अब मेरा क्या होगा... लगता है मैं जल्द ही मर जाऊँगा...।' मगर दूसरी तरफ, कुछ पेशंट्स ऐसे भी होते हैं, जो डॉक्टर को धन्यवाद देते हैं और कुदरत का शुक्रिया अदा करते हैं। क्योंकि अब वे स्वास्थ्य के प्रति ज़्यादा सजग हो चुके हैं, जो कहते हैं- 'अच्छा हुआ मुझे वक्त से पहले ही पता चला ताकि मैं अपने स्वास्थ्य का अच्छे से खयाल रख पाऊँ।'

वैसे ही कुछ अभ्यासकों ने ग्रह-तारों की स्थिति, कुदरत में उपलब्ध चीज़ें और ऐसी संभावनाओं का अभ्यास कर, वे बातें विश्व के सामने रखीं। मगर वक्त के साथ इसमें मिलावट हो गई, अव्यक्तिगत कार्य, व्यक्तिगत एवं स्वार्थपूर्ण हो गया और इन सभी विषयों से समझ लुप्त हो गई। हालाँकि जिन ज्ञानियों ने इन शास्त्रों की रचना की, उन्हें यह समझ थी कि ये शास्त्र यानी अंतिम मार्ग नहीं हैं बल्कि इंसान को गाइड लाइन के रूप में इनका उपयोग हो सकता है।

मानो, कोई ज्ञानी और सही समझ रखनेवाला ज्योतिषी किसी को बताए कि 'फलाँ कालावधि में आपका स्वास्थ्य बिगड़ सकता है' तो इसका मतलब यही है कि इंसान को इसे एक संकेत समझकर, अपने स्वास्थ्य का खयाल रखना चाहिए। मगर जब इंसान इसी बात के कारण डर जाता है तब वरदान ही अभिशाप बन जाता है। क्योंकि डरा हुआ इंसान कई कर्मकाण्डों में अटककर, अपना पैसा और समय व्यर्थ गँवाकर ग्रह-तारों का गुलाम बन जाता है। विचारों को दिशा देने के बजाय कर्मकाण्डों, लकी स्टोन्स, लकी नंबर में उलझता है। फिर कुछ दिनों बाद वही लकी स्टोन उसके शरीर का हिस्सा बन जाता है।

यदि किसी दिन वह स्टोन चोरी हो जाए या कहीं खो जाए तो इंसान की पैरों तले ज़मीन सरक जाती है। अतः ये सभी चीज़ें, जो उसकी मदद कर सकती थीं, उसके डर या असुरक्षा का कारण बन जाती हैं और वह हर क्षण, हर पल उन चीज़ों पर निर्भर रहता है। जिसके परिणामस्वरूप इंसान आत्मनिर्भर नहीं बन पाता और अपना आत्मविश्वास खो बैठता है।

वाकई आपको जीवन में सफलता हासिल करनी है तो अँगूठी नहीं बल्कि सही समझ धारण करें। किसी लकी कलर की शर्ट नहीं बल्कि विश्वास की भावना पहनें। किसी दिशा की चिंता न करें बल्कि अपने विचारों को सही दिशा दें। क्योंकि वास्तुशास्त्र, अंकशास्त्र या ऐसे कोई भी शास्त्र से ऊपर है- आपका विश्वास। अगर

आपका विश्वास अटूट है तो आपको ऐसी बातों में उलझने की ज़रूरत ही नहीं है।

संसार में आपको ऐसे अनेक लोग मिलेंगे, जो कमियाँ होने के बावजूद भी सब कुछ प्राप्त कर पाए हैं क्योंकि उनमें अपना लक्ष्य पाने की उम्मीद कायम थी।

सवाल ७ : उम्मीद क्या है और उसका विश्वास से क्या संबंध है?

जवाब : हर इंसान को किसी न किसी तरह की उम्मीद रहती है। जैसे बच्चे को खिलौने की उम्मीद, विद्यार्थी को अच्छे अंक प्राप्त होने की उम्मीद; सैनिक को जंग जीतने की उम्मीद, माता-पिता को संतान से उम्मीद; भूखे को भोजन की उम्मीद, बेघर को घर की उम्मीद; राहगीर को मंज़िल की उम्मीद, रोगी को निरोगी होने की उम्मीद और भक्त को ईश्वर के दर्शन की उम्मीद आदि।

उम्मीद है, अंधेरे में आशा की किरण दिखना। जब इंसान के जीवन में अंधकार के बादल छाते हैं तब सूरज की एक छोटी किरण भी उसके जीवन में उम्मीद का कारण बनती है। 'उम्मीद' के सहारे इंसान हर परिस्थिति का सामना कर पाता है। उम्मीद- ऐसी संभावना है, जो इंसान के मन में आगे बढ़ने की प्रेरणा बनाए रखती है। उम्मीद- वह तिनका है, जो डूबनेवाले का सहारा बन सकता है। इसलिए कहा जाता है- 'उम्मीद का दामन कभी नहीं छोड़ना चाहिए।'

एक घर के सामने मुर्गीखाना था। बारिश शुरू होने से एक दिन पहले बहुत बड़ा तूफान आया, जिससे मुर्गीखाना तितर-बितर होकर टूट गया। फिर भी दूसरे दिन सुबह-सुबह एक मुर्गा उस टूटे-फूटे मुर्गीखाने से बाहर आया और एक ऊँची जगह पर जाकर बाँग देने लगा, 'कुकडूँ कूँ।' जिसका अर्थ है- सूरज निकल चुका है... नए दिन में प्रवेश हो चुका है... आज का दिन आपके जीवन में फिर से नई उम्मीद और विश्वास की रोशनी लेकर आया है इसलिए इस दिन को फिर से जीओ।

सोचकर देखें, अगर ईश्वर मुर्गे में उम्मीद कायम रखने का गुण दे सकता है तो इंसान में उसने मुर्गे से बढ़कर गुण डाले होंगे। अतः इंसान भी अपने जीवन में कई परेशानियों के बावजूद उम्मीद का दीपक जलाए रख सकता है।

देखा जाए तो उम्मीद का विश्वास से गहरा संबंध है क्योंकि जब इंसान को किसी बात पर विश्वास रखने में दिक्कत होती है तब वह उम्मीद से शुरुआत करता है। उम्मीद के सहारे वह अपने विश्वास को बल दे पाता है। इसे ऐसे समझें, जैसे यदि कोई इस बात पर विश्वास नहीं कर पा रहा है कि उसके जीवन में नकारात्मक

घटना उसके अच्छे के लिए हो रही है तब वह घटनाओं में यह उम्मीद तो ज़रूर रख ही सकता है कि आगे सब अच्छा ही होगा। यही छोटी सी उम्मीद धीरे-धीरे उसके विश्वास को बढ़ाने में मदद कर सकती है।

जब कोई इंसान किसी बुरे समय से गुज़र रहा होता है तब उसे हौसला देने के लिए हर कोई उससे कहता है, 'उम्मीद रख, सब कुछ ठीक हो जाएगा। ईश्वर पर भरोसा रख, वह सब ठीक करेगा' और इंसान उन शब्दों पर झट से यकीन कर भी लेता है कि 'हाँ, ज़रूर कुछ तो अच्छा ही होगा।' इंसान जब उम्मीद बनाए रखता है तब वह आशावादी और प्रयत्नशील बनता है। उम्मीद उसे कार्य करने का प्रोत्साहन देते रहती है। मगर जब उसकी उम्मीद टूट जाती है तब वह निराश होकर, कार्य करना बंद कर देता है। कुछ लोग तो इतने मायूस (डिप्रेस) हो जाते हैं कि वे आत्महत्या (शरीरहत्या) तक कर लेते हैं।

ध्यान रहे, कितनी भी विकट परिस्थिति हो, उम्मीद का दामन कभी न छोड़ें। छोटी-छोटी बातों पर उम्मीद रखकर प्रयास करते रहें। जिससे बड़ी-बड़ी घटनाओं में भी उम्मीद रखना आसान होता जाएगा और उसका अंजाम खास ही होगा।

जो भी लोग आज सफलता के शिखर पर पहुँचे हैं, उनके जीवन में भी कई सारी नकारात्मक घटनाएँ घटीं, उन्होंने भी अपने जीवन में काफी तकलीफें सहीं। लेकिन उन्होंने अपनी उम्मीद नहीं खोई बल्कि विश्वास रखकर निरंतरता के साथ कार्य किया और सफलता के शिखर पर पहुँचे। अब आपके पास भी उम्मीद की शक्ति और विश्वास नियम को प्रयोग में लाने का विश्वसनीय तरीका उपलब्ध है।

यह पुस्तक पढ़ने के बाद आप अपना अभिप्राय (विचार सेवा) इस पते पर भेज सकते हैं ... Tejgyan Global Foundation, Pimpri Colony Post office, P.O. Box 25, Pune - 411 017. Maharashtra (India).

सरश्री अल्प परिचय

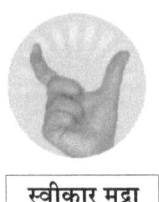

स्वीकार मुद्रा

सरश्री की आध्यात्मिक खोज का सफर उनके बचपन से प्रारंभ हो गया था। इस खोज के दौरान उन्होंने अनेक प्रकार की पुस्तकों का अध्ययन किया। अपने आध्यात्मिक अनुसंधान के दौरान उन्होंने लगभग सभी ध्यान पद्धतियों का भी अभ्यास किया। उनकी इसी खोज ने उन्हें कई वैचारिक और शैक्षणिक संस्थानों की ओर बढ़ाया। जीवन का रहस्य समझने के लिए उन्होंने **एक लंबी अवधि तक मनन करते हुए अपनी खोज जारी रखी, जिसके अंत में उन्हें आत्मबोध प्राप्त हुआ।** आत्मसाक्षात्कार के बाद उन्होंने जाना कि **अध्यात्म का हर मार्ग जिस कड़ी से जुड़ा है वह है– समझ (अंडरस्टैण्डिंग)।** उसके बाद उन्होंने अपने तत्कालीन अध्यापन कार्य को विराम लगाते हुए, लगभग दो दशकों से भी अधिक समय अपना समस्त जीवन मानव कल्याण के आध्यात्मिक विकास हेतु अर्पण किया है।

सरश्री कहते हैं, 'सत्य के सभी मार्गों की शुरुआत अलग-अलग प्रकार से होती है लेकिन सभी के अंत में एक ही समझ प्राप्त होती है। **'समझ' ही सब कुछ है और यह 'समझ' अपने आपमें पूर्ण है।** आध्यात्मिक ज्ञान प्राप्ति के लिए इस 'समझ' का श्रवण ही पर्याप्त है।' इसी समझ को उजागर करने के लिए उन्होंने आज तक **तीन हज़ार से अधिक आध्यात्मिक विषयों पर प्रवचन दिए हैं,** जिनके द्वारा वे अध्यात्म की गहरी संकल्पनाएँ सीधे और व्यावहारिक रूप में समझाते हैं। समाज के हर स्तर का इंसान सरश्री द्वारा बताई जा रही समझ का लाभ ले सकता है।

यह समझ हरेक को अपने अनुभव से प्राप्त हो इसलिए सरश्री ने **'महाआसमानी परम**

ज्ञान शिविर' और उसके लिए आवश्यक कार्यप्रणाली (सिस्टम) की रचना की है, **जिसका लाभ लाखों खोजी ले रहे हैं।** यह व्यवस्था आय.एस.ओ. (ISO 9001:2015) प्रमाणित है, जिसने अनेक लोगों को सत्य की राह पर चलने की प्रेरणा दी है। इसी समझ के प्रचार और प्रसार के लिए उन्होंने 'तेजज्ञान फाउण्डेशन' नामक आध्यात्मिक संस्था की नींव रखी है। इस संस्था का मुख्य उद्देश्य है- '**हॅपी थॉट्स द्वारा उच्चतम विकसित समाज का निर्माण**'।

विश्व का हर इंसान आज सरश्री के मार्गदर्शन का लाभ ले सकता है, जिसके लिए किसी भी धर्म, जाति, उपजाति, वर्ण, पंथ, रंग या लिंग का बंधन नहीं है। विश्व के हर कोने में बसे लोग आज तेजज्ञान की इस अनूठी ज्ञान प्रणाली (System for Wisdom) का लाभ ले रहे हैं। इस व्यवस्था के एक हिस्से के रूप में **लाखों लोग रोज़ सुबह और रात को ९ बजकर ९ मिनट पर विश्व शांति के लिए प्रार्थना करते हैं।**

सरश्री को **बेस्टसेलर पुस्तक 'विचार नियम' श्रृंखला के रचनाकार** के रूप में भी जाना जाता है, जिसकी **१ करोड़ से ज़्यादा प्रतियाँ केवल ५ सालों** में वितरित हो चुकी हैं। इसके अलावा उन्होंने विविध विषयों पर **१०० से अधिक पुस्तकों का लेखन** किया है, जिनमें से 'विचार नियम', 'स्वसंवाद का जादू', 'स्वयं का सामना', 'स्वीकार का जादू', 'निःशब्द संवाद का जादू', 'संपूर्ण ध्यान' आदि पुस्तकें बेस्टसेलर बन चुकी हैं। ये पुस्तकें दस से अधिक भाषाओं में अनुवादित की जा चुकी हैं और प्रमुख प्रकाशकों द्वारा प्रकाशित की गई हैं, जैसे पेंगुइन बुक्स, जैको बुक्स, मंजुल पब्लिशिंग हाऊस, प्रभात प्रकाशन, राजपाल ऍण्ड सन्स, पेंटागॉन प्रेस, सकाळ प्रकाशन इत्यादि।

तेजज्ञान फाउण्डेशन – परिचय

तेजज्ञान फाउण्डेशन आत्मविकास से आत्मसाक्षात्कार प्राप्त करने का एक रास्ता है। इसके लिए सरश्री द्वारा एक अनूठी बोध पद्धति (System for Wisdom) का सृजन हुआ है। इस पद्धति को अन्तर्राष्ट्रीय मानक ISO 9001:2015 के आवश्यकताओं एवं निर्देशों के अनुरूप ढालकर सरल, व्यावहारिक एवं प्रभावी बनाया गया है।

इस संस्था की बोध पद्धति के विभिन्न पहलुओं (शिक्षण, निरीक्षण व गुणवत्ता) को स्वतंत्र गुणवत्ता परीक्षकों (Quality Auditors) द्वारा क्रमबद्ध तरीके से जाँचा गया। जिसके बाद इन पहलुओं को ISO 9001:2015 के अनुरूप पाकर, इस बोध पद्धति को प्रमाणित किया गया है।

फाउण्डेशन का लक्ष्य आपको नकारात्मक विचार से सकारात्मक विचार की ओर बढ़ाना है। सकारात्मक विचार से शुभ विचार यानी हॅपी थॉट्स (विधायक आनंदपूर्ण विचार) और शुभ विचार से निर्विचार की ओर बढ़ा जा सकता है। निर्विचार से ही आत्मसाक्षात्कार संभव है। शुभ विचार (Happy Thoughts) यानी यह विचार कि 'मैं हर विचार से मुक्त हो जाऊँ।' शुभ इच्छा यानी यह इच्छा कि 'मैं हर इच्छा से मुक्त हो जाऊँ।'

ज्ञान का अर्थ है सामान्य ज्ञान लेकिन तेजज्ञान यानी वह ज्ञान जो ज्ञान व अज्ञान के परे है। कई लोग सामान्य ज्ञान की जानकारी को ही ज्ञान समझ लेते हैं लेकिन असली ज्ञान और जानकारी में बहुत अंतर है। आज लोग सामान्य ज्ञान के जवाबों को ज़्यादा महत्त्व देते हैं। उदाहरण के तौर पर कर्म और भाग्य, योग और प्राणायाम, स्वर्ग और नर्क इत्यादि। आज के युग में सामान्य ज्ञान प्रदान करनेवाले लोग और शिक्षक कई मिल जाएँगे मगर इस ज्ञान को पाकर जीवन में कोई बड़ा परिवर्तन नहीं होता। यह ज्ञान या तो केवल बुद्धि विलास है या फिर अध्यात्म के नाम पर बुद्धि का व्यायाम है।

सभी समस्याओं का समाधान है- तेजज्ञान। भय से मुक्ति, चिंतारहित व क्रोध से आज़ाद जीवन है- तेजज्ञान। शारीरिक, मानसिक, सामाजिक, आर्थिक और आध्यात्मिक उन्नति के लिए है- तेजज्ञान। तेजज्ञान आपके अंदर है, आएँ और इसे पाएँ।

यदि आप ऐसा ज्ञान चाहते हैं, जो सामान्य ज्ञान के परे हो, जो हर समस्या का समाधान हो, जो सभी मान्यताओं से आपको मुक्त करे, जो आपको ईश्वर का साक्षात्कार कराए, जो आपको सत्य पर स्थापित करे तो समय आ गया है तेजज्ञान को जानने का। समय आ गया है शब्दोंवाले सामान्य ज्ञान से उठकर तेजज्ञान का अनुभव करने का।

अब तक अध्यात्म के अनेक मार्ग बताए गए हैं। जैसे जप, तप, मंत्र, तंत्र, कर्म, भाग्य, ध्यान, ज्ञान, योग और भक्ति आदि। इन मार्गों के अंत में जो समझ, जो बोध प्राप्त होता है, वह एक ही है। सत्य के हर खोजी को अंत में एक ही समझ मिलती है और इस समझ को सुनकर भी प्राप्त किया जा सकता है। उसी समझ को सुनना यानी तेजज्ञान प्राप्त करना है। तेजज्ञान के श्रवण से सत्य का साक्षात्कार होता है, ईश्वर का अनुभव होता है। यही तेजज्ञान सरश्री महाआसमानी परम ज्ञान शिविर में प्रदान करते हैं।

महाआसमानी परम ज्ञान शिविर परिचय और लाभ (निवासी)

क्या आपको उच्चतम आनंद पाने की इच्छा है? ऐसा आनंद, जो किसी कारण पर निर्भर नहीं है, जिसमें समय के साथ केवल बढ़ोतरी ही होती है। क्या आप इसी जीवन में प्रेम, विश्वास, शांति, समृद्धि और परमसंतुष्टि पाना चाहते हैं? क्या आप शारीरिक, मानसिक, सामाजिक, आर्थिक और आध्यात्मिक इन सभी स्तरों पर सफलता हासिल करना चाहते हैं? क्या आप 'मैं कौन हूँ' इस सवाल का जवाब अनुभव से जानना चाहते हैं।

यदि आपके अंदर इन सवालों के जवाब जानने की और 'अंतिम सत्य' प्राप्त करने की प्यास जगी है तो तेजज्ञान फाउण्डेशन द्वारा आयोजित 'महाआसमानी परम ज्ञान शिविर' में आपका स्वागत है। यह शिविर पूर्णतः सरश्री की शिक्षाओं पर आधारित है। सरश्री आज के युग के आध्यात्मिक गुरु और 'तेजज्ञान फाउण्डेशन' के संस्थापक हैं, जो अत्यंत सरलता से आज की लोकभाषा में आध्यात्मिक समझ प्रदान करते हैं।

महाआसमानी परम ज्ञान शिविर का उद्देश्य :

इस शिविर का उद्देश्य है, 'विश्व का हर इंसान 'मैं कौन हूँ' इस सवाल का

जवाब जानकर सर्वोच्च आनंद में स्थापित हो जाए।' उसे ऐसा ज्ञान मिले, जिससे वह हर पल वर्तमान में जीने की कला प्राप्त करे। भूतकाल का बोझ और भविष्य की चिंता इन दोनों से वह मुक्त हो जाए। हर इंसान के जीवन में स्थायी खुशी, सही समझ और समस्याओं को विलीन करने की कला आ जाए। मनुष्य जीवन का उद्देश्य पूर्ण हो।

'मैं कौन हूँ? मैं यहाँ क्यों हूँ? मोक्ष का अर्थ क्या है? क्या इसी जन्म में मोक्ष प्राप्ति संभव है?' यदि ये सवाल आपके अंदर हैं तो महाआसमानी परम ज्ञान शिविर इसका जवाब है।

महाआसमानी परम ज्ञान शिविर के मुख्य लाभ :

इस शिविर के लाभ तो अनगिनत हैं मगर कुछ मुख्य लाभ इस प्रकार हैं-

* जीवन में दमदार लक्ष्य प्राप्त होता है।
* 'मैं कौन हूँ' यह अनुभव से जानना (सेल्फ रियलाइजेशन) होता है।
* मन के सभी विकार विलीन होते हैं।
* भय, चिंता, क्रोध, बोरडम, मोह, तनाव जैसी कई नकारात्मक बातों से मुक्ति मिलती है।
* प्रेम, आनंद, मौन, समृद्धि, संतुष्टि, विश्वास जैसे कई दिव्य गुणों से युक्ति होती है।
* सीधा, सरल और शक्तिशाली जीवन प्राप्त होता है।
* हर समस्या का समाधान प्राप्त करने की कला मिलती है।
* 'हर पल वर्तमान में जीना' यह आपका स्वभाव बन जाता है।
* आपके अंदर छिपी सभी संभावनाएँ खुल जाती हैं।
* इसी जीवन में मोक्ष (मुक्ति) प्राप्त होता है।

महाआसमानी परम ज्ञान शिविर में भाग कैसे लें?

इस शिविर में भाग लेने के लिए आपको कुछ खास माँगें पूरी करनी होती हैं। जैसे-

१) आपकी उम्र कम से कम अठारह साल या उससे ऊपर होनी चाहिए।

२) आपको सत्य स्थापना शिविर (फाउण्डेशन ट्रुथ रिट्रीट) में भाग लेना होगा, जहाँ आप सीखेंगे- वर्तमान के हर पल को कैसे जीया जाए और निर्विचार दशा में कैसे प्रवेश पाएँ।

३) आपको कुछ प्राथमिक प्रवचनों में उपस्थित होना है, जहाँ आप बुनियादी समझ आत्मसात कर, महाआसमानी परम ज्ञान शिविर के लिए तैयार होते हैं।

यह शिविर एक या दो महीने के अंतराल में आयोजित किया जाता है, जिसका लाभ हज़ारों खोजी उठाते हैं। इस शिविर की तैयारी आप दो तरीके से कर सकते हैं। पहला तरीका- मनन आश्रम (पूना) में पाँच दिवसीय निवासी शिविर में भाग लेकर, दूसरा तरीका- तेजज्ञान फाउण्डेशन के नजदीकी सेंटर पर सत्य श्रवण द्वारा। जैसे- पुणे, मुंबई, दिल्ली, सांगली, सातारा, जलगाँव, अहमदाबाद, कोल्हापुर, नासिक, अहमदनगर, औरंगाबाद, सूरत, बरोडा, नागपुर, भोपाल, रायपुर, चेन्नई, वर्धा, अमरावती, चंद्रपुर, यवतमाल, रत्नागिरी, लातूर, बीड, नांदेड, परभणी, पनवेल, ठाणे, सोलापुर, पंढरपुर, अकोला, बुलढाणा, धुले, भुसावल, बैंगलोर, बेलगाम, धारवाड, भुवनेश्वर, कोलकत्ता, राँची, लखनऊ, कानपुर, चंदीगढ़, जयपुर, पणजी, म्हापसा, इंदौर, इटारसी, हरदा, विदिशा, बुरहानपुर।

इनके अतिरिक्त आप महाआसमानी की तैयारी फाउण्डेशन में उपलब्ध सरश्री द्वारा रचित पुस्तकें या यू ट्यूब के संदेश सुनकर भी कर सकते हैं। मगर याद रहे ये पुस्तकें, यू ट्यूब के प्रवचन शिविर का परिचय मात्र है, तेजज्ञान नहीं। आप महाआसमानी परम ज्ञान शिविर में भाग लेकर ही तेजज्ञान का आनंद ले सकते हैं। आगामी महाआसमानी परम ज्ञान शिविर में अपना स्थान आरक्षित करने के लिए संपर्क करें : 09921008060/75, 9011013208

महाआसमानी परम ज्ञान शिविर स्थान :

यह शिविर पुणे में स्थित मनन आश्रम पर आयोजित किया जाता है। इस शिविर के लिए भोजन और रहने की व्यवस्था की जाती है। यदि आपको कोई शारीरिक बीमारी है और आप नियमित रूप से दवाई ले रहे हैं तो कृपया अपनी दवाइयाँ साथ में लेकर आएँ। वातावरण अनुसार गरम कपड़े, स्वेटर, ब्लैंकेट आदि भी लाएँ।

'मनन आश्रम' पुणे शहर के बाहरी क्षेत्र में पहाड़ों और निसर्ग के असीम सौंदर्य के बीच बसा हुआ है। इस आश्रम में पुरुषों और महिलाओं के लिए अलग-अलग, कुल मिलाकर 700 से 800 लोगों के रहने की व्यवस्था है। यह आश्रम पुणे शहर से 17 किलो मीटर की दूरी पर है। हवाई अड्डा, हाइवे और रेल्वे से पुणे आसानी से आ-जा सकते हैं।

मनन आश्रम : मनन आश्रम, पुणे, सर्वे नं. ४३, सनस नगर, नांदोशी गाँव, किरकट वाडी फाटा, तहसील – हवेली, जिला : पुणे – ४११०२४. फोन : 09921008060

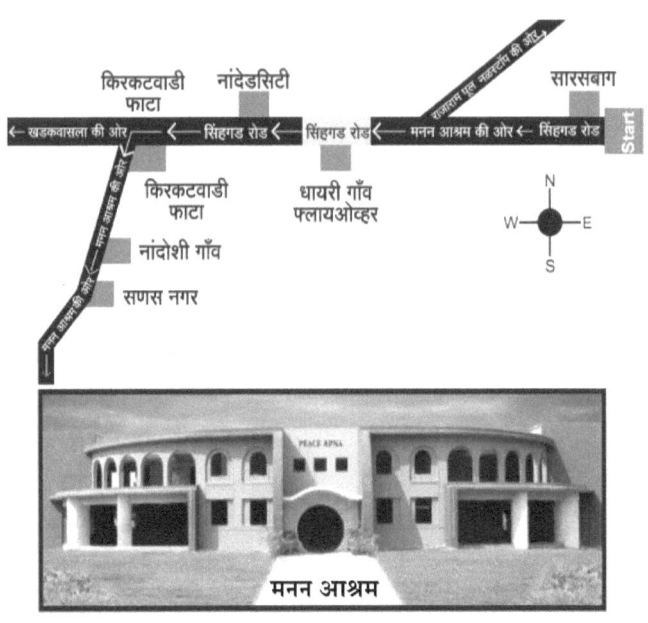

N
W
E

मनन आश्रम

अब एक क्लिक पर ही शिविर का रजिस्ट्रेशन !

तेजज्ञान फाउण्डेशन की इन शिविरों के लिए
अब आप ऑनलाईन रजिस्ट्रेशन भी कर सकते हैं–

* महाआसमानी परम ज्ञान शिविर परिचय और लाभ (पाँच दिवसीय निवासी शिविर)
* मैजिक ऑफ अवेकनिंग (केवल अंग्रेजी भाषा जाननेवालों के लिए तीन दिवसीय निवासी शिविर)
* मिनी महाआसमानी (निवासी) शिविर, युवाओं के लिए

रजिस्ट्रेशन के लिए आज ही लॉग इन करें

www.tejgyan.org

सरश्री द्वारा रचित अन्य श्रेष्ठ पुस्तकें

आत्मविश्वास सफलता का द्वार
How to gain Self Confidence

Pages- 192   Price - 150/-

Also available in English, Marathi, Malayalam, & Bengali

सरश्री की यह पुस्तक सफलता का मार्ग तलाश रहे नौजवानों के लिए समर्पित रचना है। इस पुस्तक के माध्यम से वे यह जान सकते हैं कि किस प्रकार आत्मविश्वास की चाभी से सफलता का द्वार खोला जा सकता है। पुस्तक मूलतः आत्मविश्वास पर केंद्रित है और इसका उद्देश्य जीवन को महान, आनंददायक और सफल बनाना है।

सरश्री का विचार है कि प्रत्येक सफलता का आधार आत्मविश्वास है। आत्मविश्वास इंसान की निराशा को भटकते पथ से उठाकर सफलता की मंजिल तक पहुँचा देता है। आत्मविश्वास की कमी अवसर को समाप्त कर देती है। इसलिए सरश्री ने इस पुस्तक द्वारा लोगों को आत्मविश्वास के महत्त्व से परिचित कराते हुए उनके निराश जीवन में उम्मीद की लौ जलाने का सफल प्रयास किया है।

पुस्तक दो खण्डों में विभक्त है। पहले खण्ड का अध्ययन विश्वास की शक्ति, परख और सबूत का आईना है। इसमें विश्वास के प्रत्येक पहलुओं पर सटीक व्याख्या की गई है। पुस्तक का दूसरा खण्ड आत्मविश्वास बढ़ाने के उपायों पर समझ विकसित करता है। इसमें तीन मन, तीन तरीके, तीन शक्तियाँ, तीन कार्ययोजनाएँ और तीन अंतिम कदमों के बारे में अलग-अलग भागों में आत्मविश्वास बढ़ाने के उपायों पर विस्तार से मार्गदर्शन किया गया है।

पुस्तक एक प्रेरक रचना है, जो आत्मसूचनाओं को ग्रहण करके शुभविचारों द्वारा आत्मविश्वास प्राप्त करने हेतु प्रेरित करती है। प्रत्येक भाग के अंत में 'मनन करें' की प्रायोगिक विधा से आत्मविश्वास को प्रबल बनाने में काफी सहायता मिलती है। पुस्तक सरल और रोचक रूप में पाठकों के मनोबल को नई दिशा देने में काफी उपयोगी है।

विचार नियम का मूल
प्रार्थना बीज

विश्वास बीज एक अद्भुत शक्ति

Pages- 176   Price - 195/-

Also available in English, Marathi

प्रार्थना में वह शक्ति निहित है, जो मनुष्य के जीवन में अद्भुत चमत्कार उत्पन्न करती है। विपरीत परिस्थितियों में प्रार्थना की ताकत डूबती नैया में पतवार का कार्य करती है, बशर्ते प्रार्थना को असरदार कैसे बनाया जाए, इसका समुचित ज्ञान उसे होना चाहिए। साथ ही विश्वास एक अहम कुंजी है, जिसके माध्यम से मनुष्य आत्मविश्वास को प्रकट रूप में खोलकर सुखी और शांत जीवन जी सकता है।

इसी विषय पर केंद्रित पुस्तक 'प्रार्थना बीज' के प्रथम खण्ड में प्रार्थना की आवश्यकताओं, उद्देश्य, बाधाओं आदि के बारे में लोक कथाओं द्वारा प्रकाश डाला गया है। साथ ही प्रार्थना को असरदार बनाने के उपायों तथा विभिन्न धर्मों और संतों की अलग-अलग प्रार्थनाओं पर व्यापक चर्चा की गई है। पुस्तक के द्वितीय खण्ड में विश्वास बीज की चर्चा उल्लेखित है। लेखक के अनुसार विश्वास का बीज बोकर मनुष्य भक्ति, शक्ति और कृपा का फल प्राप्त कर सकता है। अज्ञानता के अंधकार से घिरा मनुष्य प्रस्तुत पुस्तक द्वारा विश्वास बीज की दिखाई राह पर चलकर मुक्ति पा सकता है।

प्रभावशाली भाषा और सुबोध शब्द रचनाओं से सुसज्जित तथा प्रेरक प्रसंगों पर आधारित यह पुस्तक अद्वितीय है। प्रार्थना और विश्वास बीज द्वारा पाठकों के जीवन को सुखमय, शांतिपूर्ण और वैभवशाली बनाने में पुस्तक का उद्देश्य सफल और सार्थक है।

क्षमा का जादू

क्षमा माँगने की क्षमता को जानकर,
हर दुःख से मुक्ति पाएँ

Pages- 168   Price - 175/-

Also available in Marathi & English

क्या आप स्वयं से प्रेम करते हैं? क्या आप हमेशा खुश रहना चाहते हैं? क्या आप अपने पारिवारिक, सामजिक, व्यावसायिक रिश्तों को मधुर और मजबूत बनाना चाहते हैं? क्या आप जीवन में सफलता की सीढ़ियाँ चढ़ना चाहते हैं?

यदि आपके लिए इन सभी प्रश्नों का उत्तर 'हाँ' में है तो आपको बस एक ही शब्द कहना सीखना है, 'सॉरी' यानी 'मुझे माफ करें'। सॉरी, क्षमा, माफी... भाषा चाहे कोई भी हो, पूरे दिल से माँगी गई माफी आपके जीवन में चमत्कार कर सकती है।

प्रस्तुत पुस्तक आपको क्षमा माँगने की सही कला सिखाने जा रही है। इसमें आप सीखेंगे-

क्षमा कब-कब, किससे और कैसे माँगे? दूसरों को क्यों और कैसे माफ करें? अपने सभी कर्मबंधनों को क्षमा के द्वारा कैसे मिटाएँ? क्षमा के द्वारा सुख-दुःख के पार पहुँचकर सदा आनंदित कैसे रहें?

तो चलिए, इस पुस्तक के साथ कुदरती नियमों को समझकर क्षमा के जादू को अपनाएँ और अपना तथा दूसरों का जीवन आनंदित कर, मुक्ति की ओर ऊँची उड़ान भरें।

– तेजज्ञान इंटरनेट रेडियो –

२४ घंटे और ३६५ दिन सरश्री के प्रवचन और
भजनों का लाभ लें,
तेजज्ञान इंटरनेट रेडियो द्वारा। देखें लिंक
http://www.tejgyan.org/internetradio.aspx

हर रविवार सुबह १०.०५ से १०.१५ तक रेडियो
विविध भारती, एफ. एम. पुणे पर 'हॅपी थॉट्स कार्यक्रम'

www.youtube.com/tejgyan
पर भी सरश्री के प्रवचनों का लाभ ले सकते हैं।
For online shoping visit us - www.tejgyan.org,
www.gethappythoughts.org

पुस्तकें प्राप्त करने के लिए नीचे दिए गए पते पर मनीऑर्डर द्वारा पुस्तक का मूल्य भेज सकते हैं। पुस्तकें रजिस्टर्ड, कुरियर अथवा वी.पी.पी. द्वारा भेजी जाती हैं।
पुस्तकों के लिए नीचे दिए गए पते पर संपर्क करें।
* WOW Publishings Pvt. Ltd. रजिस्टर्ड ऑफिस–E-4, वैभव नगर, तपोवन मंदिर के नज़दीक, पिंपरी, पुणे- 411017
* पोस्ट बॉक्स नं. 36, पिंपरी कॉलोनी पोस्ट ऑफिस, पिंपरी, पुणे - 411017
फोन नं.: 09011013210 / 9146285129
आप ऑन-लाइन शॉपिंग द्वारा भी पुस्तकों का ऑर्डर दे सकते हैं।
लॉग इन करें - www.gethappythoughts.org
500 रुपयों से अधिक पुस्तकें मँगवाने पर 10% की छूट और फ्री शिपिंग।

e-mail
mail@tejgyan.com

website
www.tejgyan.org, www.gethappythoughts.org

- विश्व शांति प्रार्थना -

'पृथ्वी पर सफेद रोशनी (दिव्य शक्ति) आ रही है।
पृथ्वी से सुनहरी रोशनी (चेतना) उभर रही है।
विश्व से सारी नकारात्मकता दूर हो रही है।
सभी प्रेम, आनंद और शांति के लिए
खुल रहे हैं, खिल रहे हैं।'

यह 'सामूहिक अव्यक्तिगत प्रार्थना' तेजज्ञान फाउण्डेशन के सदस्य पिछले कई सालों से निरंतरता से कर रहे हैं। खुश लोग यह प्रार्थना कर सकते हैं और बीमार, दुःखी लोग उस वक्त एक जगह बैठकर इस प्रार्थना को ग्रहण कर स्वास्थ्य लाभ पा सकते हैं।

यदि इस वक्त आप परेशान या बीमार हैं तो रोज़ सुबह या रात 9:09 को केवल ग्रहणशील होकर इस भाव से बैठें कि 'स्वास्थ्य और शांति की सफेद रोशनी जो इस वक्त प्रार्थना में बैठे कई लोगों द्वारा नीचे पृथ्वी पर उतर रही है, वह मुझमें भी अपना कार्य कर रही है। मैं स्वस्थ और शांत हो रहा हूँ।' कुछ देर इस भाव में रहकर आप सबको धन्यवाद देकर उठें।

तेजज्ञान फाउण्डेशन – मुख्य शाखाएँ

पुणे (रजिस्टर्ड ऑफिस)

विक्रांत कॉम्प्लेक्स, तपोवन मंदिर के नज़दीक,
पिंपरी, पुणे-४११ ०१७. फोन : 020-27411240, 27412576

मनन आश्रम

सर्वे नं. ४३, सनस नगर, नांदोशी गाँव, किरकटवाडी फाटा,
तहसील- हवेली, जिला- पुणे - ४११ ०२४.
फोन : 09921008060

e-books

•The Source • Celebrating Relationships •The Miracle Mind
•Everything is a Game of Beliefs •Who am I now •Beyond Life
•The Power of Present • Freedom from Fear Worry Anger
•Light of grace •The Source of Health and many more.
Also available in Hindi at gethappythoughts.org
Also available in Hindi at www. gethappythoughts.org

e-magazines

'Yogya Aarogya' & 'Drushtilakshya'
emagazines available on www.magzter.com

www.ingramcontent.com/pod-product-compliance
Lightning Source LLC
LaVergne TN
LVHW041845070526
838199LV00045BA/1450
9789387696587